淘汰者

現代文學 9

ELIMINATE

劉煦博 著

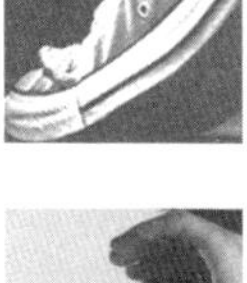

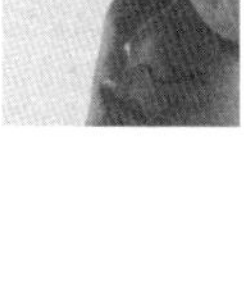

博客思出版社

不知道要說些什麼！

哦！這本書稿在大陸找了近30家出版社大都以話題敏感為由回絕我。裡面的槍殺，腐敗，同性，肉慾，這些話題都觸動著一些人的神經和敏感的心弦。

嗯！這本書沒有唯美的愛情，也沒有純真的情感。只有血淋淋的現實生活，不是我看不到生活的美好。而是接觸不到美好，幻想著理想國度的烏托邦，我也只能在睡夢中感受著這世間的真善美。其實大部分的文藝作品只不過是慰籍我們那顆在現實生活中受挫的心，我們的那些憤怒，無奈，感慨，都無處宣洩，只能在一些吹噓人性的作品中得到強有力的回擊。

我們震歎著社會現實中的每一件刻骨銘心的事情，我們感受著這世間諸多無奈的每一件事實，無法改變，在巨大的社會面前我們是那樣的渺小。

我不想讓你們對生活有什麼消極的思想，只是傳遞了一個我接觸的社會，只想讓一些90以後的朋友們知道，所謂的真善美只是嚮導，而假惡醜才是本質，你會質問我的消極，但是，寶貝們，我們每一次被欺騙，不都是因為我們想要追求的真善美嗎？當然我不是宣揚假惡醜，我憎恨這些齷齪的字眼，我憎恨每一個懷有這種理念生活的人們，因為他們，這個世界越來越多的人在丟棄真善美，信仰著邪惡，也許最後的真善美的餘光，會被這最後的黑暗吞噬。

這本書，僅想讓90以後的朋友們認清周圍的社會，不想讓你成為書中的任何一個角色。我只能用自己栽過的跟頭告訴你們這個社會，讓你們有諸多體會。

願你在獨自闖蕩中，沒有墮落，沒有被混淆心智。

願您懂得是非，認人，認事。

願你和我一起祈禱，讓聖潔的光芒去滲透著每一個人的內心。

劉煦博

目次

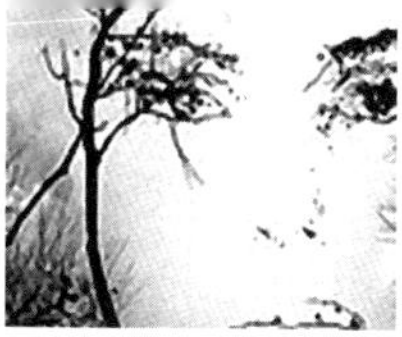

一 夜店的場合

1

包房，我在一個沒有燈光的角落裡坐下，看著這燈紅酒綠的場面，放著那些使人宣洩勁爆的歐美歌曲，一直在想為什麼所有的夜店總要放這些歐美音樂，為什麼不放中文音樂，有的時候我會想像著這些地方，如果放上了鳳凰傳奇的《月球之上》，在場的人會是一個什麼樣的感覺，還有剛才經過的舞池，如果放了龔林娜女士的忐忑，舞池裡的人會是一個怎樣的節奏

宋帥走過來告訴我說，那是A傳媒公司的錢總，那個B經紀公司安總，那個C孫導演，還有D房產公司李總，F，G，H……等等。

嗯，這些都是有成就的人，因為他們中間有不是直的，也有的，所以這間包房裡不會看到純一色的男生。我們進來的這些人有不是直的，也有是直的，是直的，也逼著自己要變成彎的。

一位叫溫妮的女生跟我碰了杯酒，就在我旁邊坐下了。

她沒有和我寒暄，就直接在之前我旁邊的孫導碰杯聊天了。

沒一會兒，她扭頭冒著滿嘴的酒味輕輕的說了句「噁心，變態」。

起初覺得她是在說我，突然間反映過來，就微微了的笑了笑。

「李總，來，我陪你喝一杯。」

李總被一嗲嗲的聲音吸引過來，

李總扶正了眼框，打量這個女孩，長頭髮，瓜子臉，纖瘦的身體，高高的個頭。

我覺得這個女孩最具有勾引力的就應該是她的黑絲。

「美女，你是哪個學校的？」

起到這，那種嬌柔造作的氣質表現的真是渾然天成。

這種狀態肯定是知名的院校的，一般的學校培養不出來這種所謂的氣質。

這年頭磨過骨，墊過鼻，打過臉，做過眼，隆過胸的女孩或男孩，就算是美女，帥哥了。

那些拙劣的的手工製品，我們還要繼續多久？

我思索了一下，端過那杯酒，和溫妮觸碰了一下，耳朵則有意的聽著他們之間的交流。

「小雅，妳胸是做的吧？」

討厭，哪有，我可沒做過，我的自身條件那麼好，哪會做那些玩意。

3

夜店的場合

「小雅看著李總不相信的表情，抓住李總的手，往自己胸上摸。」

「怎麼樣，這下你信了嗎？」

乳臭未乾的小孩子要跟歷盡滄桑的老人家耍把戲，現實嗎？

老人家沒有那麼多陰謀詭計，爾虞我詐，無奸不商，能成就今天的財富地位嗎？

李總直接了當的說：「妳胸是做的，還是那種劣質的矽膠。摸起來，手感也不好。」

看吧，老人家始終是有閱歷的，尤其是在這裡的，人家哪個不是嘗雞三千呢？

臉的整容人家是看不出來，可是這玩意人家經常摸，各式各樣，五花八門的。什麼樣的沒見過。

溫妮也放下酒杯，饒有興趣的偷偷的觀察著遠處的情況。

讓人情何以堪呢，女孩子都是有自尊心的？可小雅，卻是那麼的不矜持，矜持比什麼都好，瞧瞧吧！這總不能讓她掘著屁股裝著沒看見人吧，但慶幸的是大家都玩的很high，確切的說各自都在忙著自己的事，沒有時間顧及別人的言談舉止。

老人家看著小雅那張通紅的臉，又擺出一副憐香惜玉的樣子，說「沒事，明天給妳錢，再重新做一次好的。」

兩人皆大歡喜，李總變順勢去摸她的屁股，突然間李總的瞳孔放大了，狠狠的吸了一陣涼風。

溫妮把剩下酒喝完了，甩了一句話出來：「騷妹」。

溫妮說的沒有錯，可是，可又是，這不都是逼出來的嗎？在場的所有人哪一個老的不是為了床上那點事，哪一個小的不是為了自己事業有一個新臺階呢。有些女人沒入世之前都會覺得自己是多麼潔白如玉，慢慢的會發現被社會逼的是多麼的騷不可擋。

我很贊同溫妮，但我也可憐小雅，我輕輕的說：「人家也不好過。」

溫妮直視了我一下，冷冷地說：「是不好過，那也用不著不穿內褲吧？」

「真下血本。」

宋帥過來跟我碰杯酒，然後讓他陪我去趟廁所。

包廂外，隨著震雷鼓耳的音樂，人們在舞池裡拼命的搖頭，晃動著身體，他們想從把自己內心的不滿和該死的運氣，統統甩出去，卡座裡，包房裡，每個人拼了死的喝酒，不喝酒的拼了命的灌酒，所有的人都吐的起，但沒一個人能傷的起。

我和宋帥從廁所等了好久，裡面的錢總和咖啡美男才出來，我和宋帥沖錢總笑了笑，錢總沒搭理我倆，後邊的咖啡男倒是沖我們樂呵呵的，走前還擰了下我的屁股。

宋帥習慣性的拿出藥粉熟練的吸取著，同樣又習慣性的問我：「來點嗎？」

我也同樣習慣性的告訴他：「我不玩這個。」

我聽著他們各自心裡的欲望，此刻的包廂裡已然成了金碧輝煌，杯子，地面，沙發，

連電視都鑲了金邊了。不管是男的女的，摟在一起，這是女人是我，那個男人也是我的，公司是我的，錢也是我的，別墅是我的，你有十輛蘭博基尼，我有二十量瑪莎拉蒂，他們此刻都在說自己看到了未來的生活，感歎著生活如此美好，生活如此多驕，小雅舉著杯子高喊著：世界是我的。

每次窺視著別人內心欲望的時候，心裡總會感慨萬千而又悶悶不樂，我此刻在笑話他們種種的可笑，那如果我玩了藥又是怎樣的欲望呢？我每次聽得他們聊的都天花亂墜，他們會現實著想著房價種種的狂跌，而可以靠自己的雙手親手掙得屬於自己的一套房子，而不再靠這樣那樣的噁心用幾年的青春，不，是肉體換來的９０坪的二居嗎？只有富貴病的人才不會關心民生，因為民生跟自己沒關係，自己想得到的東西沾手即來。

2

玩藥的人容易產生錯覺，尤其是在舞池裡，即使在滿臉雀斑，滿臉鄒折的女人或男人，也會覺得自己是人間極品，國色天香，跟自己的愛人或者朋友，甚至是榜肩，說哪個吃自己的豆腐，這顯然是一種high大了的良好表現，說白了，也就是在這種玩藥的情景下，來滿足與那顆空虛，寂寞，冰冷的心。但也不乏有那麼看似一本正經，老實巴交，實則是內心猥瑣，淫蕩不堪。

一位暴牙中年婦女，在舞池很是嗨皮，綠色的聚燈光下，那張打著厚厚的bb霜的臉上，也遮蓋不住她那歲月滄桑的年輪，咖啡男已然high到了極致，竟然與此女子相跳甚歡，不知道是怎樣的一個動作，老婦女說咖啡男吃了她豆腐，我想幫趁著咖啡男說幾句客觀的話，但說實話，這種話，我不知道我該怎樣說，因為我搞不懂現在的人是什麼口味，你要說，他是雙的，但也不至於那麼重口味吧。

「八婆，妳不要再噴大糞好嗎？」

「你說老娘噴大糞，你怎麼不說你占我便宜啊！」

「妳還想老樹開花啊，我可沒那麼重口味？」

老女人就拽著咖啡男要跟他大論一番，嘴裡不停的嘟囔著，說咖啡男吃她豆腐，摸了她胸，

「妳丫胸都墜成那樣了，你當我老眼昏花啊！」

「老娘要臉有臉，要屁股有屁股，要胸有胸，要什麼有什麼！」

我不清楚這樣的吵鬧有什麼意義，是讓周邊的人覺得她還是那麼的富有魅力嗎？

「老娘喜歡男人，女的靠邊站。」

這件事是以咖啡男最後的話語方式結尾，有些人會覺得瞠目結舌，但在場的卻已然是司空見慣。

宋帥告訴我說要轉場，去另一個局，然後就和幾位大哥一起喝了杯酒，禮貌的結束今

天的小聚。

3

我們是夜店王子。

是的，宋帥絕對是夜店王子，每天夜幕降臨，游走於各大夜店，每家的經理都會寒暄幾句，包括周邊的餐廳。

我剛進這個包房的時候，我不知道這是一個怎樣的派對，同樣有幾個老人家，也有些所謂的名牌經紀。但卻讓我極其震感的是穿著sm樣式的衣服，跳著獨領風騷的鋼管舞。

欣賞完畢，也都唱累了，老人家提議玩遊戲，跟年輕人一起玩，讓自己保持一顆青年的心態，但是現在會有多少這樣想法的老人家呢？

有懲罰的東西，小傢伙提出來的問題是刁鑽的，老傢伙提出來的問題是成人的。

小俊輸了之後，就要去摸什麼，那什麼就勃起了，各種性愛動作（穿著衣服），kiss，脫衣服，裸胸出去轉圈，吃胸毛，記得，有一次，我們玩這種遊戲，我跟一個最近很是上火的女生接吻，你應該知道上火嘴裡的那股味，委實讓人崩潰，我清晰記得牙齒上占的那塊青菜，舌吻，我硬著頭皮，閉著眼睛，說實話，我真的我不想吐，但我還是吐了，不是故意的，連忙解釋，最後我還是要幹一瓶酒，原因是這話太傷人了，我是故意的就會喝半瓶。

溫妮突然間來我們包間了，我過去打招呼，問她剛才跟那個孫導談的怎麼樣，溫妮告訴我，他是一個變態，我剛坐去，他就跟我說他看見我乳溝了。

我這才知道剛才為什麼她會罵孫導變態了。

我略微地點了點頭。

她就去和一個老總喝酒去了。

再看看宋帥，貌似跟那位帥哥聊的很高興，他過來說要把他領回家去，要不然今天太浪費他的精心打扮了。

這是每次跟宋帥出去玩，宋帥必須說的一句話，每次回家領人，都會以此為藉口。我漸漸的也就習慣了。但我真的頭疼是，他這樣根本就不是個辦法，上次在網上聊人，凌晨２點讓別人來找他，可是別人到的時候讓他下來給打車錢。但還好他幹活不收費，但還是幹活後要了２０塊回去的打車錢。

這件事，讓我百思不得其解，這種行為讓我感到極其的鬱悶，直到現在我都想不明白這種行為的目的。

好色的人始終是好了傷疤忘了疼的，原因是宋帥每次帶陌生人回家過夜，第二天家裡總要少點什麼東西，每次事後都會嚴以律己，可每次又都會心花怒放，總記不得教訓。

「hi，帥哥，很無聊啊。」

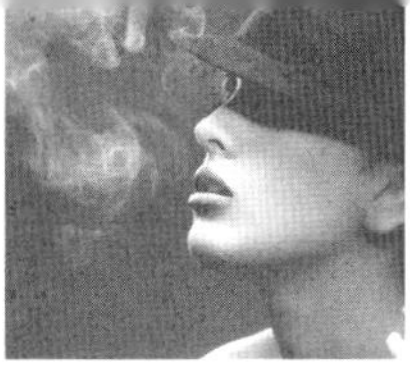

9

夜店的場合

當我直視這個老男人的時候，他的眼睛裡放射出來的信號，在我腦海裡頓時出現「老，騷，醜」這三個字眼，在我看來那三個字眼在他身上體現的淋漓盡致。

他不停的用他那後天形成女裡女氣的聲線跟我攀談著，時而摸下你的胸大肌，時而捏下你的臉，時而蘭花指，閉著眼睛，很引以為豪的說著自己是NK的節目總監。我看著他那幅要作死的樣子，尤其是那排齙牙，讓我吐出酒杯的心的都有了。

是的，我不否認我是外套協會的，老實說，我不討厭C性格的人，但這種C的性格要完全符合你自身的氣質，皮膚白嫩，清純可愛，加上年齡的優勢，我不會感到厭煩。我認為這也是一種小女人的氣質。我倒認為這種氣質是與生俱來的美，如果這年齡一大把，或者五大三粗，或者兇神惡煞，或者牛陀馬臉的，做出那種娘娘的做作舉止，委實讓我覺得噁心。

溫妮走過來，把我拉到了一旁。很無奈的說著我的可憐，可是在場哪一個人不可憐，那些個所謂的大哥大姐們，哪一個不是顯露出饑渴難耐的內心欲火。

「剛才謝謝你。」

「呵呵，沒什麼。」

「你是做演藝的吧？」

「你不是也是嗎？」

我點點了頭。「妳是一庫電影學院的嗎？」

溫妮不屑了笑了笑沒有回答。

「你那邊應酬的怎麼樣？」

溫妮看著我，跟我碰了杯酒，又什麼也沒有說。

宋帥開始讓我陪他玩吹牛（色子），但他看到溫妮，就讓溫妮也過來陪他玩，幸好有溫妮在，要不然，我肯定是找酒喝的，一般情況下，沒人跟我玩這種遊戲，除非是灌我酒的人。

我是一個不吸煙的人，我受不了這種烏煙瘴氣的味道，讓我有種窒息的感覺，老實說，我特別不想受二手煙的侵害，但我每次都會間接的去吸收。

還是外邊的空氣好，我沒有覺得大腦缺氧而窒息的感覺，相反，我覺得外邊清淨了很多，沒有喧囂的音樂，沒有讓人難以忍受的應酬，看著川流不息的人，進進出出，手臂上不知道蓋了幾個隱形徽章的門票。

宋帥告訴我，要散場了，去喝杯酒，這是必要的禮節，如果今天你這樣的一聲不作響的離開，滿世界的人都有資格去譴責你的為人。

我走進去時，不經意間看到開喜給了溫妮一百塊，嘴裡還在一直嘟嘟囔囔的說著什麼，我聽不到，那些一驚一乍的音樂委實讓我討厭。

11 夜店的場合

溫妮被開喜摻到了RY老總的身邊，看著溫妮不停打嗝隨時要吐的那種狀態，完全跟要進來之前看到時根本不時一個狀態，我很懷疑開喜對溫妮是否下了藥，我英雄救美式地問了一句：溫妮，需要我送妳嗎？

沒有一個人回應我，大家都安靜的站著，相互的看著對方，只有RY的老總皺著眉頭看著我，也沒有對我說一個字。

「你們走吧，走吧，我哥們喝多了，說胡話，」

宋帥打破了這種僵局，開喜也附和著說「散了吧，散了吧。」

凌晨三點，宋帥的情人說要餓了，要去鹿港吃飯，但是我覺得鹿港的餐廳跟夜店的音樂一樣，沒有一點輕音樂的成分boom，boom，boom，也許放這種音樂是為了跟這條街保持一種文化，才不會那樣顯得格格不入吧，但宋帥告訴我說，這是那些沒有玩high的人，在這裡能有意猶未盡之感。總之，餓了，吃就行了，吃完就回家就洗洗睡了。

「你知道你自己有多2嗎？」

「我？」

小偉看著我的質疑，點點了頭。

「是，我是知道TR的老總要帶溫妮走，但這種事要一個願打一個願挨才可以，這種事不是靠下藥，這種下三爛的手段得到的。」

「下藥？」

「是的。」

「你看到了。」

「我沒有看到，但是我進來之前看到開喜和溫妮正常的交流，再進來時已然是要死不能活的樣子。這很顯然是被開喜下了藥的。」

「那又怎樣？既不是你朋友又不是老婆，你操哪門子心？你有那時間多關心關心自己的事業問題，OK？」

是的，我是應該想想自己的事業的問題了，每天像行屍走肉一樣活著，每天周而復始的重複著夜店的進進出出。但眼下，我心裡已然想著溫妮的今天晚上是否會太平。

「你喜歡溫妮？」

「怎麼可能，我們今天第一次見面，天底下哪會有一見鍾情？」

「哦，沒有嗎？那你和藍若萱不是一見鍾情嗎？」

「趕緊吃飯，哪那麼多廢話。」

4

凌晨五點，天色已有些亮色，我獨自一人在社區裡徘徊，也許這是這個活力社區最安靜的時刻，腦子裡一直回想著我和藍若萱的第一次邂逅。

藍若萱有著高瘦的身材，褐色的長髮下襯映著秀色的五官且皮膚白瓚。一次歡快的聚會，當我第一次看見她的時候，我的心跳驟然加速，我們對視了一下，我會覺得全身渾身顫抖。我有意回避著各種她的眼神。

在一起，失去她，已經一年沒有再聯繫了，這仿佛是那麼長久而又遙遠，深刻而又短暫。

按照每天的習慣，臨睡前看一部電影，但貌似我的視線從來沒有離開過《哈利波特》這個系列，這半個月裡反反復復的看著《魔法石與密室》，我很無聊的時候，就會自己玩接詞，鄧不利多下句話要什麼？麥格教授是什麼的語氣？一切一切我都耳熟能詳。

我不喜歡往後看是因為理查．哈裡斯老先生的不幸去世，我再也看不到慈祥的藍眼睛，高貴的神秘氣質，深不可測的魔法力量，但從阿茲卡班的邁克爾．甘本先生看不到這些神秘的個人魅力。

我閉上眼睛的這一刻，莫名其妙的會想起溫妮，她現在怎樣了，是回家了？還是被TR的老總帶走了，天啊，我沒有去制止這件事，我的心裡也越來越亂七八糟的，我沒有溫妮的電話，之前我太不好意思要她的電話，因為，我怕，我不瞭解她，她是怎樣的情況。可是我現在管不了那麼多，我迅速的拿起電話

我撥打著宋帥的電話，可一直處於無法接聽。

我一邊詛咒著他今天精盡人亡，一邊瘋狂的重複著按著回撥鍵。

電話通了，我還是先是聽到對方的叫床聲，然後才是宋帥氣喘吁吁的說：「你丫有病啊，什麼事？」

「溫妮的電話多少？」

「你等一下。」

「用力一點，用力一點。」

「139……」

我還沒有來得及重複電話號碼，電話已然掛了。

凌晨，不，確切的說應該是早上7點，我把電話打過去，無人接聽，1個，2個，3個，……我連續呼打了24個，無人接聽，我在裡面安慰著自己，可能是按了靜音吧，算了，還是睡一叫起來再打把，但我覺得我應該打到30，24這個數字不好聽，我要準備打到27個電話的時候，對方狀態已關機，這是我萬萬沒有想到的情況。

我又連續打了一會兒，還是處於關機狀態。

此刻的我，清醒而又精神，我無聊的掛起QQ，突然間就彈出了一個視頻，很無聊的打開，一個張的還算可以的女生，竟然袒胸漏乳的呈現在視頻裡。我立刻把視頻關掉。

「怎麼了，不玩玩嗎？」

這種網路小姐真敬業，7點鐘就開始接活了，看來不比真白領掙的少。

「妳多少錢？」

「我不是網路小姐，我不要錢，如果你讓我滿意，我可以給你錢？」

男人是下流的東西，先不說給不給錢的問題，光是這種真實裸露足以吸引。

「妳多大？」

「27。」

「妳沒男朋友？」

「我老公出差去了。」

……

這是我無敵的一次交流，真的，可憐的男人沒有竟然取了一個立著清純牌坊卻做著婊子的蕩婦。

「我在家裡偷偷地安裝了監控，就看見了我老公不斷偷情的事，他一直以為我傻，我們那張床上睡過多少女人，我比他都清楚。並且每次我都會換一次床單。」

「那妳老公不懷疑嗎？妳為什麼不揭穿妳老公呢？」

「如果揭穿他，我們的家庭不就散了嗎？再說我還有一個2歲兒子。」

我看到這不知道說什麼好，沒等我的反應，她又打過來。

「如果不是兒子我才不跟他過呢。」

起初我還在厭惡這個放蕩的婊子，但我能從她的文字裡讀出她的無奈而可憐。

「那如果妳把問題跟你老公說開了呢？」

「說什麼？有一部分結婚是完全出於愛，而另一個部分人結婚而是出於本身的自私。」

我似乎聽的懂她說的什麼，但又聽不懂，畢竟我沒有結婚生子，養兒育女。

「如果父母是隨隨便便的可以隨著親情的話，那幹嘛還要強調血濃於水，天下父母，臨死不忘給自己的孩子留下最後一絲的福利。社會那種有了孩子動輒就離婚的家庭，簡直就是對孩子極其不負責任，他們都沒懂父母的真正含義。」

「你不要以為一個跟你玩視頻的女人，可以說這麼多正義凜然的話，你會決的是多麼不可思議，告訴你，我不是鄉下的受氣姑娘，我也是受過正規高等教育的知識份子，人生的道義我有我的體會。這跟我為人父母是倆碼事。」

此時我真真實實的感受的到，壓載著這個少婦內心的憤怒與不平，渴望離異而又出於對孩子的責任，忍氣吞聲，自暴自棄。

她問我還要玩嗎？

我不知道怎樣回答她，便立即把QQ關了。

二 人之性的生活

1

看一個人的單純程度，取決於他的經歷是否有社會的複雜性。

我很討厭早上收快件，每次我讓快件送到物業的時候，物業總是說我物業費繳的低，如果想讓物業接收還要再繳一些錢。我每次都會跟物業說理論一番，但每次都是對不起，公司有規定。很是氣人。

今天快遞員給我快件時，說寄件者讓我即時打開，我瞟了一眼發件方竟然都是空的。

hi，你還好嗎？

大概忘記我了吧，我是陳小海的媽媽，你一定很驚奇我怎麼會有你的地址還有就是你一定想知道3年前的你一直想知道的事情吧。

如果想知道，１２號下午三點，奚茅茶樓見。

今天就是１２號，這個問題困擾了我三年，三年裡，我不知道是被陳小海還是他媽，總之這個問題我要知道。我迅速的收拾打扮，滿懷激動的等待著一切真相。

3年前，我的好友陳小海，每次看到他的母親親自開車來接他，我都非常羨慕不已。

「小海，你媽開賓利啊？」

「是啊，家裡還有3輛車呢！」

「小海，你媽媽在北京，你真幸福。」

「呵呵，哪有，我媽在，每次都會管我，甚至限制我交往女朋友？」

「哈哈，那是當然了啊，等我們正式成為我們這所大學的一員，就可以不受限制了。」

「是啊，努力吧，2月份就要開始考試了。」

小海的媽媽已經在停車位那站著等他了，我跟了過去說：「阿姨，好。」

小海的媽媽沒有說話，只是輕微的點了點頭，扶正了眼眶，上下打量我。

我本能的往後縮了一下，不好意思的道別去公車站了。

第二天我再找小海說話，他不再搭理我，一直糾纏了他好幾天，都不搭理我。

我當時是一個沒羞沒臊的人，再次看到他媽來接小海時，我竟然主動過去關心的質問小孩的媽媽陳小海最近怎麼了，一直不搭理我。

「你是陳小海的同學啊，要去我們家做客嗎？」

「這不太好吧？」

「沒關係，上車吧。」

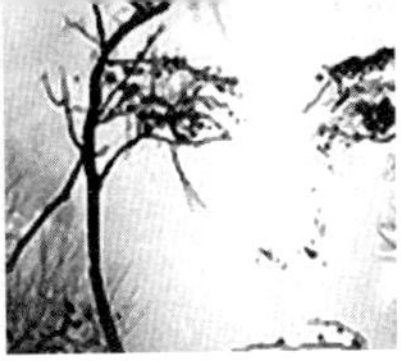

我那時真是太實在了，實在的我都覺得當時自己多麼的可笑。

我一個人坐在後邊，小海沒有搭理我，透過內鏡面，小海媽媽的眼神時不時往我這漂。

「你叫什麼?小帥哥。」

「林瑨琪。」

「多大了？」

「19。」

「呵呵，鼻子挺高啊？」

我聽不出深層意思的點頭「嗯」了一聲。

陳小海的媽媽聽到了，便大聲的笑了起來。

我不好意思的看著窗外，一條龍的堵車中，我看到左鏡時，陳小海狠狠的瞪著我。

我不得不說，我真的很羨慕竟然如此開明的家長的，晚飯過後，陳小海媽媽提議去KTV，我們用著五音不全的聲音豪放著各種情歌愛意。

沉浮的人把酒喝到位了，想要辦的事也就八九不離十了，剛入世的人喝酒喝到位了，就是把什麼心裡話就說出來了。

「你有性生活嗎？」

「當然有啊，並且還不是一次。我是說一夜不只一次。」

「你不要告訴別人哦，阿姨，這是秘密。我轉過頭」我拉著拉著陳小海說：「陳小海，我們是哥們，好兄弟，你為什麼不搭理我？」

我不知道什麼原因，被陳小海拖進了廁所，他只是讓我洗乾淨臉，清醒一下，我覺得他很無聊，滿嘴酒味問他：陳小海，你就直接告訴我好了？

「今晚你不能去我家，我們絕交吧！」

「為什麼？」

「沒有為什麼？」

陳小海甩頭就走。

我也暈呼呼的再次來到包房，躺下就睡著了。

第2天的醒來時地方不是他們家，而是酒店。

是的，我是裸著的。

我再次撥打陳小海電話時候為關機狀態。

此後，我再也沒有聯繫到陳小海，以後上課再也沒有看到過陳小海。

3年裡的社會薰染，永遠都找不回3年前的青澀，3年後的見面也沒有謹言慎行，而是很隨意的坐下等待，從逃避的眼睛衍變成直視，這也許是我3年裡唯一的變化。

「妳怎麼知道我的地址？」

「如果我回答完你這個問題，我們便離席而散。可以嗎？」

這是一個很尷尬的場景，我欲言又止，看著她，她側頭去看窗外流星大步的行人，有點等待我回答我的意思，我也只好轉移話題。

「阿姨，妳又老了？」

「呵呵，妳不也一樣麼？」

「我還好吧。」

陳小海的媽媽搖搖了頭，指了指她的眼睛。

是啊，一個人所經歷的一切，任何地方都可以隱藏，唯獨眼神隱匿不了，社會沉浮的人看一個人的社會資歷，眼神永遠作為評判標準。

「我不是陳小海的媽媽？」

「我想到過這個問題。」

「然後呢？」

「我想過你們是存在一種長期的買賣關係？」

陳小海所謂的這個媽媽，先是怔了一下，之後變哈哈大笑的起來。

我沒有說話，只是等待著她的笑聲結束，由她回答我的預測，她輕輕的抿了杯子裡的水，直視著我說：「人長大了，真可怕，對嗎？」

我思索著她的問題。

「是的，你的預測是對的，那你也一定想知道我是誰？」

「妳是誰？對我來說，不重要了，也許那些人可能想知道妳的實際資產吧？」

「那些人？」

「是的」

繼續的冷笑。

「所以那天是妳把我……？」

「是的。」

「妳是個饑渴的老女人？」

「呵呵，老女人也有你需要的時候。」

「我沒有那麼噁心。」

「噁心，你早晚也會有噁心的那一天。」

她說完話之後，便從她的挎包中掏出一張名片，放在桌子上，說：「你早晚會有一天

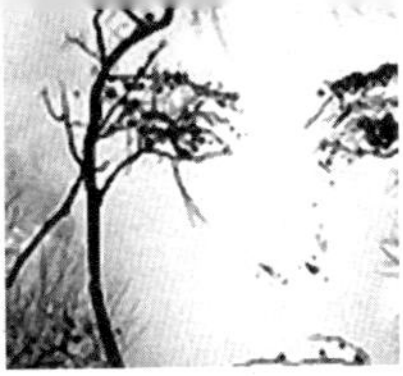

23 人之性的生活

打電話給我。」

她走了。

只有我一個人在包房裡站著，無法控制自己的情緒，拳頭緊緊的握著，緊促的呼吸，手臂上已然青筋外露，我釋放著心中的怨恨怒火，茶具，砸的粉碎，名片，瘋狂的撕扯，嘴裡面一直罵著這個沒有道德的蕩婦。

等我宣洩走出來後準備買單時，服務生告訴我已經結單了，並且包房的的損失也結過了。

夜，越來越暗，我的心，也愈想愈糾結，3年前，我羨慕陳小海的親情，3年後，我是應該鄙視陳小海麼？鄙視他的行為，是的，我完全鄙視，也許不，如果換成是我，我會坦然拒絕麼？會吧？也許不會？

此刻的夕陽我完全感受不到美的特性，除了冷以外，我更想讓陽光灑遍我全身，給我暖和的慰籍，他們個個神情慌忙大步流星走著，顯示出他們是大都市的建設者，而我神情呆滯，緩慢小步，總會顯示出我是這個城市的淘汰者。

我真的是淘汰者麼？我順著一個方向走著，問自己，沒有愛情，沒有學業，沒有事業，什麼都沒有，我突然覺得自己就是一個可憐蟲，我突然間想到，小時候，去同學家裡玩，被同學媽媽拒絕上樓，結果，同學告訴我，是因為有我在才害得大家不能上樓去玩的，嗯，我從小就是淘汰者，現在也是。

回到家裡，我把電腦的音樂開到最大，呆呆的望著天花板，我不知道自己在做什麼，或者在想什麼？時不時發出一聲嘖的聲音，或者突然間做出牙疼式的表情，我心裡是空白的，真的，沒有一點的記憶體的空間，我只是反反覆覆的重複著牙疼式的表情。

2

我打電話給宋帥，說在網上玩１Ｖ１的三國殺，但宋帥告訴我，現在小偉和溫妮在他們家玩鬥地主，如果我現在過去，他們就安排別的活動。我推辭說不去了，宋帥堅持讓我過去，溫妮接過電話，又極力勸說我過去，讓我別太掃興。

宋帥告訴我，先把這一箱啤酒喝完，然後在喝瓶洋酒，這是今天的任務，然後又介紹說，今天的主廚是溫妮，然而我要去做她的副廚。

我知道他們是在有意的給我創造機會，太過明顯，我滿會找台階下的說：「你把我們倆支走，你們倆又要做什麼壞事？」

「你猜？」

「小偉，你要小點聲啊」

宋帥讓我少貧嘴，就開始轟我去廚房了。

這種場景讓我太不知所以然，而溫妮更不知所以然，我倆都太過於尷尬了，我有點調

侃的說：「主廚，趕緊吩咐副廚做些什麼？」

溫妮讓我剝蒜，洗菜，自己在一旁調料，煮飯。

場面尷尬而又乾淨的繼續著。

「對了，溫妮，上次我打妳電話怎麼沒有接聽？」

「什麼時候？」

「就是我們那天去夜店的早上啊」

溫妮猶豫了一下。

「我不知道啊，我睡死過去了，等我醒來時，電話已然是關機狀態。」

「嗯，妳最近在忙什麼？」

「沒忙什麼啊，就是宅，今天是太想出來了，就來找宋帥了。本來是計畫要去夜店的，但宋帥告訴我說你不喜歡去那種地方。」

「嗯，是啊，以前很愛去的。」

「是啊，那個地方，社會第一步！」

「你是夜店看社會嗎？」

「哈哈，就當是吧。」

社會第一步，從某一個角度說，的確是這樣的，有相當一部分開始涉世的人就是從夜

店為起點的。它是瞭解一個人的性格，處事以及社會觀，價值觀的最佳場合。

當我幻想著她在我們家為我炒菜的時候，一個強烈洋蔥味，頓時讓我眼淚橫流，我出去咳嗽不停，宋帥便要我過去聊會。

「你們進行到哪一步了？」

「大哥，你會不會講話，在廚房裡，能怎麼樣？」

「喂，你搞清楚，我是問你菜做得怎樣了？」

這次對話，真是讓我情何以堪啊，人還是單純點好。

「菜啊，應該快好了」

「不過，說正經的，你今天怎麼了？」

「什麼怎麼了？」

「那麼多年朋友了，我還不瞭解你。」

朋友就是這樣，真正的朋友才會感覺到你的心境，但我不知道怎麼跟宋帥開口講這些，3年前的事情，從哪裡開始說呢，何況今天溫妮又在，我不想講的原因是因為他喝多之後，又不拘小節大聲的向我安慰。

「改天再聊吧。」

青年人在一起聊天不只有各種prada，gucii，amani，lancome，什麼之類的奢侈品牌，

什麼明星娛樂八卦的私生活問題，這只是其中一部分，更多的時候還是會去關注我們社會包羅萬象的事情，我們都會講，都會議論。

「前天看新聞上說，南非方面不再購買中國1100萬個避孕套了，」

「我知道，肯定是太小了」

「是啊，你都能猜到」

「哈哈，估計生產方以為南非政府要幫助在南非的中國人購買吧？」

「你說吧，我們都認為富士康有問題」

「可又誰知道富士康頂的是蘋果的壓力呢。」

「還有那個，中國房價問題，一直漲漲漲，一直都是在治標不治本。」

……

其實，另一種人是回避著這些社會的話題，因為他們覺得自己左右不了什麼，而且，多談只會讓自己變得更加脆弱，他們一直都在有意無意地奉行著老莊思想。

4個人，2箱瓶酒，一瓶半伏特加。

你要知道，不是每個人的喝完酒都是睡覺的，有的人是各種天空行空的神侃一通，有的是各種哥們義氣，有的是亂罵一氣，有的是不自覺的惹事生菲，有的喜歡酒後亂性。

我第一次看到小偉喝醉的樣子，就是他順勢拿了溫妮的高跟鞋，一直唱著我們聽不懂的經文或者是咒語，亦或是評戲之類的，一會兒又要鑽進衣服，說要修行七七四十九天。

本來我真的已經喝多到不行了的，但是看到這種鬧劇，一下子清醒了許多，宋帥覺得小偉太吵，就跟小偉說要捉迷藏，良久，沒有聲音，等到我們上樓找到小偉時，右半邊的臉已是一層厚厚的灰塵，頭還在不停往只有5釐米縫隙的床下鑽。

我和宋帥再次下來時，溫妮已經扒在桌子上睡著了，宋帥便露出猥瑣的表情。

「你要做什麼」

「你又要做什麼」

「我？沒有，我只是要告訴你，我睡沙發。」

「為什麼不睡床？」

「不方便。」

「呵呵哈哈，毅力不夠？」

其實，說實話，我的毅力挺好的，但是你就這樣想，我今天不那什麼，朋友們也肯定會認為你們那什麼，與其人言可畏，不如就做了，反正你早晚會背上一個流言。也許像我這樣的正人君子有太多這樣的想法索性就做了。

兄弟永遠是兄弟，當你需要保護措施的時候，朋友總會在最及時的時刻拿出3個安全套給你。

我碰她一下，她縮一下，我再碰下她，再……，但是，我必須要先起身做一件事情，就是讓手機靜音，因為第一次一旦有電話，我們就會陷入尷尬狀態，我剛要去拿溫妮的手機，就在準備靜音的那一刻，鈴聲響起，我心裡詛罵著這個神經病，因為我還要再一次重複之前的動作。這種時間的浪費是可恥的。

「對不起，我朋友出事了？」

「需要我陪你嗎？」

「不用了」

中午，宋帥看到床邊三個完整的安全套時，讓我不要太追求刺激，當心走火，我不想解釋什麼，因為人的思想大多情況下，都是齷齪的，一直都是，可是，如果是單純的，那麼社會即是白癡的，但我們的社會到底是不允許白癡還是不允許單純。

3

我的室友阿飛告訴我，有老闆要照顧他，他問我的意見，我頓時顯現出吃驚的表情，他以為我不信他的魅力，立刻很自豪的說：我可是名校的學生正兒八經的科班。

是的，阿飛是名校的學生，正兒八經的科班，怎麼可能去跑龍套，這是阿飛每次被劇組要求跑龍套的埋怨，我一直跟他講要不然換份工作？可他每次都會質問我學的是表演，還能做什麼呢？

有次很契機的機會，他有一個朋友是一個經紀總監，問他要不要做經紀人，他沒有同意，當我問他為什麼不可以的時候，他還是同樣的回答，名校，科班，怎麼可能去服務人，按照藝人的標準，他應該有一個助理，有一個經紀。

我聽著他不切實際的夢想，是的，的的確確是夢想，夢想是我們有生存能力基礎之上所要追求的產物，而不是我們伊始就藐視一切世俗。

他告訴我，做演員要能熬，只要能在北京熬，就可以，你看人家大腕怎麼怎麼熬出來的？我遲早要熬出來。是的，他已經等到了第5個年頭，不是熬了5年了，所謂熬，是努力奮鬥，先生存後夢想。

鑒於這種情況，他可能會比較適合這種機會吧？但是我們人生的道義信仰又在哪裡呢？可是這個時代笑的不是賣，笑的是賣不起的清高人，即使我們是清高人的時候，別人也會覺得我們背後的骯髒。

4

2個月裡，溫妮好像在這個城市消失了一樣，沒有人看到她的任何蹤跡，手機也一直處於關機狀態，宋帥讓我報警，又說我是不是把人家肚子搞大了，人家不敢出來見人了，他很無聊且享受地說著這種事情的劇情發展。

我慵懶地跟隨著折射的影子，無目的的前進著，宋帥還在喋喋不休的在我旁邊嘮叨著

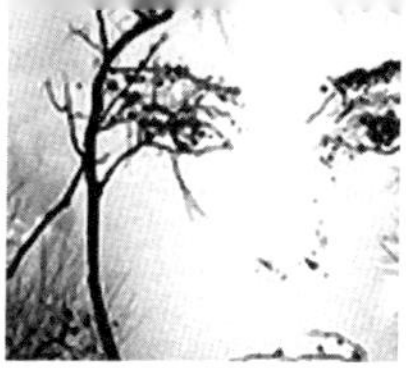

各種亂七八糟的東西，我告訴宋帥，如果我們沒有要做的事情就去各自回家。

「那我們去看電影」

我只冷笑了下。

「也不適合，呵呵」

其實，倒沒有不適合。只是那些電影我都有看過，我最討厭的是影院一直在重複著國外5，6年前的電影。我一直很奇怪為什麼同樣是中國，為什麼我們接受文化和體驗科技的時候總會比台灣慢，這是不是他們覺得我們一直比較山炮原因？如果我們的接受文化和體驗科技能有一個持平的話，我們會不會更強大。

我們決定去做足療按摩，這是我最喜歡的一種放鬆方式，我喜歡做按摩的時候，我腦海裡總會出現各種悲慘淒涼，暴怒兇殘的場景，每次都會毛骨悚然地醒來，勘嚓四周。

服務生問我們需要不需要特別減壓法，我迫不及待的接過收費單，讓自己沉重的身體減輕掉那隱形的５０公斤。

辱　　　３００元　　女６００
抽打　　５００元　　女１０００
被抽打　１５００元　女３０００
觀看性愛８００元　　女１５０００元

如需別的服務專案，根據服務要求定價。

我發顫的雙手遞給了宋帥，他接過去，震驚自若的告訴服務生：「我們還沒有到這個年紀，也沒有那麼大的精神壓力。」

「沒有，現在不是有的人是這種癖好嗎？」

「你們可以體驗一把的，我們打折？」

「對不起，我們不是大老闆。」

「不光是他們那些大老闆，什麼人都有的？」

這種服務只有2種人可以接受，一種是純粹的癖好，還有就是有著巨大的心裡壓力的，無疑的是，我更能理解後者，他們需要這種另類的釋放，不管怎樣，這不屬於道德淪喪，而應該大度的接受吧。但這種釋放，是不屬於窮人的，這應該是富人的專屬吧。

阿飛接受了富婆麵包，從此他就像自己的名字一樣，真的飛起來了，一輛跑車，一間２居，滿身的奢侈品，儘管這些都不在他名下，但他完全達到了他想要的這些，滿足了他極其的虛榮。他總會給我講，他現在的生活和博客粉絲流覽量是成正比，也許吧，他沒有這些優越的條件下，在那個簡陋的合租房裡，幾乎每一個小時就會看下自己的流覽量，並且不斷重複著這是沒有經過任何軟體的刷新。

是的，這些都是真實的，我也確定是沒有經過任何軟體刷新的，可是如果這些幾十萬的粉絲和流量，不能為其帶來一分錢的收入，那流量到達１００萬又能怎樣呢？他一直說著我現實，那些就是藝術的價值。而我絲毫理解不了他的那些所謂的價值。

現在，阿飛底氣十足地告訴我，這就是他的名人效應，在他的這種邏輯看來是合乎情理，如果他沒有這些流覽量可能就不會有這樣優越的待遇，看來某些小藝人使勁刷新這些看似無用的東西實則有用？

沒過幾天，阿飛過來把所有的東西全部搬走，我在幫忙時，看到了那個老女人，一頭卷髮，略微發福的身體，滿臉盡顯失敗的整形手術，我不由的身體發抖，全身的雞皮疙瘩全部豎起，我不再去想像著那些男女的床第之事了。

我並不想對這些好奇的東西去有所問，但阿飛會把什麼事都與我分享。她問我覺得他

現在的生活怎樣，如果可以，問我是否可以接受？他貌似覺得我擔心一些狀況時，他告訴我，自己要去看老年的AV，不要去想著噁心，要從一個藝術的角度去欣賞。發現美，其次，在實際過程中，要想像著你是在拍戲，就當是藝術的獻身。

原來，我們真的都是演員，只是我們的演技也分三六九等。

我不想去解釋什麼，生活是我們自己選擇的，不是我們向生活妥協的，關於一切的真理不斷加深的主觀主義，起初這是我們作為一種精神奴役下要求下全盤解放思想的活動，但它卻朝著一種不利於社會健康的個人孤立傾向而穩步前進了。

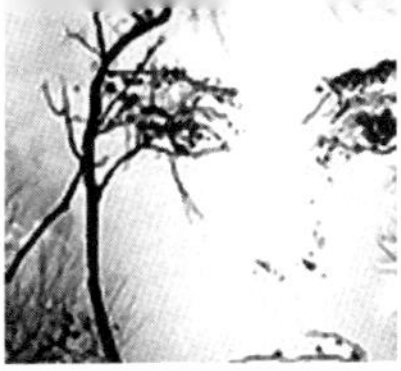

三 帥哥的陰謀

1

阿飛已經從百萬民宅搬進了千萬毫宅，接下來就是讓我痛苦不堪的找合租人的事情。

六月，周圍的朋友都已安定，我實在沒有辦法只得在網上發帖找個合租人，但並無進展，要繳房租了，兩室一廳的房子，沒辦法，我只能按照宋帥教我的辦法色誘招租，既在交友網中放些很帥的假照片發佈合租資訊，自此，人間的各種妖孽事嫣一併迸發，絡繹不絕。

迫於房東的催租，我把那間房租給了一位叫曼德的男孩，他長相乖巧，眉清目秀，皮膚白嫩，完全一副小正太的樣子，以至於宋帥不停的問我何時改變性取向問題，我的回答是，人對美好的事物都會表現出不自覺喜好的傾向，從此以後，宋帥一直走訪於我們家，我一直提醒他有小偉在，但宋帥並不理睬我。

「瑨琪哥，我剛買了薯片，給你吃？」

「不用了，謝謝。」

「hi，那我呢？」

每次曼德謙讓我東西的時候，宋帥總要這樣質問他，但前者總會遭到後者白眼的冷落，也許這樣的次數多了，宋帥總會有這樣的藉口跟我理直氣壯的說，要對他下手，是朋友就不要告訴小偉。

我和小偉也算有些交情了，每次總會有意無意讓我詢問宋帥有無花心的狀況，他一直告訴我，作為那爾基索斯族的人，他們永遠不會像直人愛情一樣因為責任而禁錮自己的天性，所以這也就是我們更厭倦欺騙的原因，如果哪天不愛了，告訴我好了，我不想受傷，而我的糾結在於至真的言語和至誠的朋友選擇。

情商夠不夠高，完全取決於多麼的愛一個人，真的很愛，各種天馬行空標新立異的新鮮玩意都會付諸於他，即便這樣還是無視的話，我想他可以收手，但宋帥並沒有，反而更加地癡迷的瘋狂，這也許是人們天性喜歡挑戰的使然。他告訴我說，要把他拿下，自此我再也不理他。我很理解後者的做法，我勸他放棄這種沒有意義的做法，但他還是無動於衷。是的，我很明白他會覺得自己贏了，但殊不知自己已然多了一個恨你的人，我們有太多的時候不去想，怎麼去讓別人深深的愛著自己，而總是想著扳回那個所謂的自尊顏面。

從宋帥走的那天起，天氣就一直風雨晦冥。這種天氣太適合helene segara的歌，，曼德端著一杯藍卡看著樓下匆忙的人群，映襯應景，一切都是讓人充滿傷感的回憶。

在某段時間裡，我一直沉溺於這樣，唯一的區別在於咖啡與酒精，現在，這種景象，只會讓我感到胸悶地窒息。

我很快明白曼德不喜歡宋帥的原因，是因為他的心裡有一條沒有癒合的傷疤，這種傷疤讓他刻骨銘心而不再相信情感。我告訴他，helene segara治癒不了他的痛。那樣只會讓自己不知所措的流淚卻改變不了任何，所以我們只有選擇遺忘。

2

他建議我陪他看一部鬼片，來緩解他憂鬱的心情，我不想表現出對鬼片的恐懼，但我確確實實拿了2床被子把自己裹的嚴嚴實實。曼德亦是如此，詭異的聲響，異靈的竊竊私語，詐死乍活的心跳速度，渾身沒有一絲的縫隙存在，只有滿身的汗液味，旁邊的曼德也沒有那種剛才安之若素的表情，牙齒恨不得把下嘴唇撕咬掉，瞬間一個親昵的擁抱。

我知道接下來我需要至少是半個月的時間裡開燈睡覺，只有這樣才能給我或多或少的安慰吧，我的問題在於　的光亮令人不能安眠。而當我糾結於此的時候，曼德拿著自己的被褥要和我一起睡，原因是他和我有相同的後發症。

「瑨琪哥，你覺得我和女人有過沒？」

曼德的問題直接而又嚴肅，讓我無從招架，我不清楚該怎樣回答這個犀利的問題，我很難想像一個奶裡奶氣的男孩子跟一個女孩子做床第之事，只是支支吾吾的告訴他不好說。

「你知道我的第一次麼？」

我沒有回答，倒不是我想做一個傾聽著，而是我不知道我接什麼話適合。

他告訴我那是他15歲那年，在譚玎藝校寄宿，一天夜裡，因為同學把他最喜歡的一件衣服不小心燙出了一個洞，他很惱火，可室友說他小氣，他賭氣就在校園裡瞎溜達，通常情況下他不抽煙，但人在寂寞的時候總想幹點什麼，所以他也似模非樣的點燃吸吮。剛巧又看到平時對他最好的老師的燈還亮著，就走過去，告訴老師發生的不愉快，老師讓他不要去想太多，就把電視遙控給他，看著大本營還是什麼之類的綜藝節目，瞬間雷電交加，全校停電了。他又告訴我說，停電了，就去跟老師道別，可老師卻不讓我走。說自己害怕，讓今晚陪她，我們躺在一張床上，她順勢摸著我的陽物，進而……

「從此，你們就開始水深火熱了？」

「怎麼可能？」

「為什麼不可能，你應該從此樂此不疲吧？」

「事後我很怕，因為她老公是我的班主任，我總怕我們班主任會打我。」

如果他是跟一個單身女老師怎樣了，我不怎麼稀奇，因為現在人的心裡越來越朝著刺激的心態的趨勢發展，天知道是什麼原因使然。

「然後你是不是害怕，就轉校了？」

是的，但是轉校之前，每次老師都叫我去辦公室，說要跟我談話，可每次總會要求我

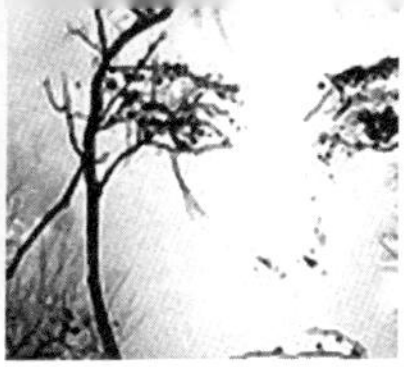

脫衣服，但我每次都會拒絕，最後，不知道什麼原因，我們老師說要養我，要跟我一起私奔。

他說到這的時候開始感歎自己的魅力，竟然可以讓一個成年人為之失去理智，那樣子真讓人覺得可笑，但我真的佩服他的魅力。

「那你怎麼變成彎的？」

沉默良久，「忘了」他淡淡了說了聲。

他說這句話時，不免有些傷感，我不再提及其他，讓他早點休息，良久，我還是清醒的，我一直思索著他第一次的性經歷和最後那句很冷很輕的話。

3

當我醒來時，已是下午2點，手機的未接來電有十八個，其中有十五個宋帥打來的，我回打過去，電話裡的第一句就是問我曼德最近有沒有傷感，我回答他，不確定，只知道他下雨那天有在聽helene segara。

自戀是件可怕的事情，宋帥頓時傳來詭異的大笑，說著欲擒故縱的好處，然後就跟我談論著魅力無限，玉樹臨風，風流倜儻，人見人愛，他說這些話的時候，我最好的做法就是靜音在等到30S到40S中間時恢復保留。一大堆的廢話完結之後，就直奔告訴我說，晚上要去我家做飯吃。

留住男人的心就要先留住男人的胃，這句話也許在10年前一直作為所有女性的從婦守則，但這句話，隨著女權主義愈來愈強勢的勁頭，和女媒體人處心積慮的大勢宣揚新好男人形象時，無疑是對男人最好的軟肋。所以這句話也就順勢變為要留住女人的心就要先留住女人的胃。

廚房裡，我一直被宋帥呼來喚去，各種洗菜，切菜，客廳的曼德樂齋的看著劉剛和沈凌的情景劇，沒有絲毫要到廚房的意思。我也想看情景劇，只是一時找不到藉口出去歇著的理由，但還好曼德別有用心地讓我出去所謂的幫忙找東西。

看著廚房裡雞鴨魚肉雞蛋湯，好不豐盛，不過這倒有點像某地方上的喜宴了，我不懷好意的說：「你這是今晚要圓房麼？」

「看情況吧。」

我本想譏諷他，可人在十分自戀的狀態下，根本聽不出隱匿的表述，人只有在一種狀態下才能顯示出極其的敏感，即是極其失落沮喪的時候。

宋帥不住的往曼德碗裡夾菜，我突然覺得我是第三者，很是難堪，不由心生的都囔了一句歌詞：「閃閃沒人愛，閃閃沒人愛」。

老實說，我不是故意的，我真心的是不由心生，接下來，兩人竟然同時給我夾菜，無比的幸福，宋帥一直問曼德他的廚藝怎樣／鹹了淡了，油了甜了，還是蔥多了蒜少了，後

者只是不停的點頭說著還可以這樣敷衍的話。宋帥看著他滿臉冷屑的表情，像是要瞬間爆發的樣子：「那你總要有所評價吧。」

「菜比人好。」

曼德的話依舊冰冷，放下碗筷，徑直走進了自己房間，只剩下我和宋帥的沉默，我看著後者的表情，懊惱而又無奈，我便順勢開了句玩笑：「唉，喜宴變喪宴了。」

「你有病吧？」

他便甩門而出，看吧，我本是為了緩解尷尬氣氛，可你卻看到了事後的結果，我就說過人在極其失落沮喪的時候，才會顯現出極其的敏感，所以，遇到這種場合，我們只有閉嘴，即使你說出「別搭理他，我們吃我們的」，別人也很有可能回敬你一句，「一邊玩去。」

聽到宋帥的離去，曼德繼續坐回原位，若無其事的拿起了碗筷，讓我陪他一起吃，說是這麼好吃的飯菜扔了就可惜了，還問我要不要在去煮些白飯，夜宵可以再吃一頓，我實則欽佩後者的淡定。

「你剛才是不是有點太不近人情了？」

不近人情？他長嘆了一口氣，繼續說 假若我近了人情，誇他的飯菜可口，然後就是他問我答，我再回應他，最後他會感覺他自己有機可成，我才不會讓他有這樣就可以把我拿

下的幻想，再者，我現在不絕情，到一定的時候再絕情，他會覺得我耍他，欺騙他，以後會更加埋怨我。所以，我還是早些絕情好。

「那你討厭他嗎？」

「談不上討厭，我要出門了，如果我晚上回來，還要和你一起睡。」

我很納悶的是他說要出門，為什麼不像之前出門那樣洗澡，打扮，照鏡子，而是隨便穿了件外套就出門了，我不由心想應該是找那個有過n次的性友吧。不，我應該確定，如果是第一次的話，那他可能要精心打扮一番，怎麼可能這樣穿個隨隨便便行頭出門呢。

4

曼德走後，我便把加西亞—瑪律克斯的《百年孤獨》最後一章讀完了，描寫了布恩迪亞家族七代人的傳奇故事，以及加勒比海沿岸小鎮馬孔多的百年興衰，反映了拉丁美洲一個世紀以來風雲變幻的歷史。但我讀完之後的極其齷齪的認為：一切事務都是虛偽的；唯有情愛是真的；但情感方面得到的結論即肉慾是一切真愛長久的前提；佛洛依德的哲學觀點在書中得到了極大隱匿宣揚。

讀完一部小說，我感到更加的無聊，便想到跟溫妮通個電話，可他的電話一直處於無法接聽或者不在服務區，委實讓我不安，案頭上，放著曼德沒抽完的軟雲煙，還沒有滅火，我便拿起來，裝做一副略有所思的樣子，其實，我沒有所思，腦子是空白，我不知道

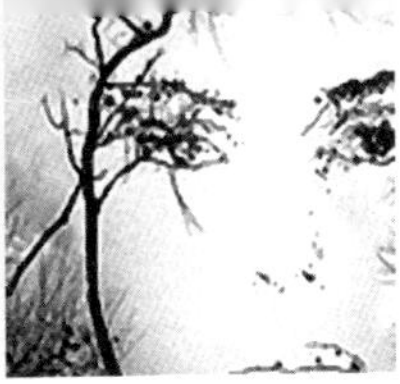

要所思什麼，便狠狠的吸吮了一口，嗯？為什麼竟然沒有尼古拉丁的味道，我突然感歎，他還挺懂得養生，要不然不會吸這種生態煙。

很紳士的把這半根煙抽完了，雖然我從來不抽煙，可我真的抽完了，接著不知道幾時開啟了音響，巨大的電子樂在整個房間裡回蕩，不知道怎樣的狀況，我竟然喝了3杯純伏特加，啊，飄然然啊，為什麼，我會看到溫妮走向我，脫我的衣服，然後……

我知道我是喝多了，和很久沒有洩慾的緣故才產生性幻想，但這般場景竟然是如此真實，真實的每一個吻，每一下的欲罷不能都如此強烈。我想我是真的醉了。

翌日，我起來時已是晚上，腦子依然昏沉，看到自己赤身裸體的時候，不免為自己覺得可笑而又難為情，慶幸的是那時只有我一個人在。當我走進衛生間時，先是恐慌再是暗樂，原因是曼德手洗的那條內褲是我的。我現在要做就是等著他洗完之後，再告訴他事實的真相！

「曼德，我告訴你一件事情。」

「什麼？他一邊問我一邊還把我的那條內褲掛在衣架上。」

「你不要生氣好麼？」

他點了點頭

「你洗的那條內褲是我的？」

「我知道啊。」

聽著他自若的回答，我頓時覺得好無聊啊！你應該知道那種當別人做一件你認為他不知道、但事實上他已經知道的事情時，那股悠然自得的心裡狀態瞬間消逝的體會，甚至讓你費解。尤其是在你無法接話的提前下，陷入尷尬之境時，通常我們都會自討沒趣吧。我只能說：「謝謝。」

「沒什麼，只是我樂意而已。徑直換鞋出門。」

他說話依舊自若，我突然間懊悔自己的行為，利用別人的真誠與善心去嘲諷別人，真是件可恥的事情。好吧，我會反省，但現在我要解決一件事，要把電腦修好，它已經兩天無法啟動了，如果不是溫妮讓我接收一個電郵，我才不會修理它，我再做最後一次嘗試，還是無能為力把電腦修好，我抱怨著自己手賤應該下載一些積極向上的東西，為什麼心血來潮的去下載那些會起生理反應的武俠大片。

沒辦法，我只能用曼德的電腦，可我打他的手機處於關機狀態，不管那麼多了，我已經迫不及待想知道溫妮發給我的是什麼電郵，還好，一切順利，他沒有設置密碼之類的防護措施，我很高興，迅速打開郵件：

瑨琪：

週三下午8點在可樂影城見，我們用郵箱通信，不要用QQ和手機。請及時回復。

溫妮

我很好奇幹嘛要這麼神秘，但還是把郵件發出去了，告訴她不見不散，瞬間，我看到了曼德小視窗的播放機，我很邪惡的打開，想知道他平時會看什麼影片或者他有沒有什麼重口味的嗜好，我暗暗的壞笑。

當我點開播放機男一號出現的一霎那，我無比的震驚的痛　這個混蛋，那是我，浴室洗澡的人是我，裡面幾乎有我每一次洗澡的錄影，我不停的大口吐氣，吸氣，心速一直高跳，我立刻去浴室，找到那個拍攝的方位，果不其然，完好無損的無線攝像頭。

我迅速拿起電話，瘋狂的打，一直都是關機狀態，繼續翻閱著他的電腦，下邊的那一幕，是我這一輩子都不想看到的，我從臉上的肌膚幾乎紅到了腳趾，渾身充滿了祝融的力量，這就像他媽的吃了偉哥一樣，是的，那是我，那天不是我的性幻想，更不是溫妮，而是一個男人，我又在不停的大口吸氣，不停的搖頭，嘴裡不停的念叨，怎麼可能，怎麼可能。

我下意識反應過來，我的臥室，又是一個，我心律繼續持續的加快，把另一個攝像頭

砸個粉碎，又是一次瘋狂的掃蕩電腦，我慶幸自己在近段時間裡沒有做出很久生理的事件，可我害怕這個電腦，甚至懼怕這個屋子裡的一切，我發瘋似的找著一切能貯存檔的電子設備。打開抽屜時，發現了那是一小包白色粉狀的東西，我知道那是什麼，驟然想起，那天我吸抽的那支煙，裡面就有這種含量，所有的這一切，應該都是處心積慮的吧。

這一切都是計畫，我迅速把電腦重新安裝系統，電腦裡所有的一切檔都不復存在，一個人岌岌可危的前提下，誰還去管他電腦裡會有什麼重要的檔，我有種砸電腦的衝動，甚至有把他這個房間點著的想法，如果這些偷拍的東西，被他惡意的放到網上，我將身處何地？我安靜了一會兒，努力回想著他的一切習慣嗜好。

我畏懼，畏懼他的備份，我繼續把那個無線攝像頭放到了原來的位置，並放一條很原味的內褲而已，我不確定這個內褲對他有對大的吸引力，但是我必須要這樣嘗試，只有嘗試，我才能定心，談判。

一切照舊，我繼續醉死如泥。

是的，我成功了，我成功的得到了我想錄的一切。

「曼德，我有事跟你商量」

「什麼事？」

「很噁心的一件事？」

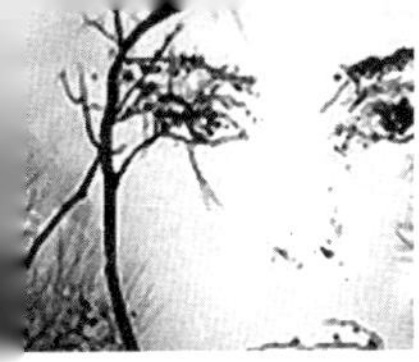

「是宋帥告訴你的？」

「宋帥？」

「對啊，難道不是宋帥告訴你，我和他上床的事？」

好吧，我又知道了一件讓我驚奇的而又摸不著頭腦的事情，眼前的這個19歲的男孩，竟然是如此腹黑，如此淡定，我不免有些對他頂禮膜拜。我順勢接話說：「那你為什麼在我面前對他表現出反感的樣子。」

「那是因為我在樹立形象。」

此刻，我腦海裡只有婊子立牌坊5個字。

我現在根本不想談論他的道德淪喪，只想跟他說行為上的可恥，可我不知道怎麼開口，曼德繼續又去洗那條內褲，我突然覺得他洗我的內褲是一種噁心，便一手奪回來。也許他會認為跟宋帥發生了什麼，有意瞞我，我在生氣？我關上房間的門，一直思索著為什麼會有這種行為，也許是在有意識與無意識之間的邊緣釋放滿足吧。

我還在靜思，宋帥就電話告訴我，一會兒小偉要來我家千萬不能開門。而我現在也不想被他們三個人之間的問題羈絆，就把電話掛了。門鈴響的時候，是曼德開的：賤人，騷貨，……總之各種淫蕩不堪的詞語彙集在客廳裡，稀裡嘩啦的聲音，不清楚是杯子、碗還是什麼之類的東西摔碎的聲音，我想上廁所，開門的時候，兩個人幾乎都有傷口，我們三個就對了下眼，沒有說任何話語。我真的不想參與他們的吵鬧，宋帥來時在外邊勸架，不停叫我名字喊幫忙，可我真的沒有心情搭理他們，凌晨二點的打鬧，物業電話說鄰居投訴，我沒有辦法，喉了一嗓子，讓他們全他媽的滾蛋。

凌亂不堪的客廳裡，我坐在沙發上死死的盯著桌上的半合煙，兩個人。

曼德，我知道你電腦裡的秘密了？

嗯……那個……

我終於看到了他慌張的表情，言語裡的含糊不清，我不想聽他解釋什麼，只是告訴他，我有他原味內褲的畫面，如果你有什麼行為，我也有，僅此而已。

1天之內搬出這裡。

也許他心裡結構的深層包括最原始的本能欲望與衝動，由於道德和社會文明的約束，欲望和衝動得不到滿足，而壓抑到了無意識領域中去釋放吧。讓我自己都感到意外的是為什麼沒有發火，是因為那天的事，我對不起他麼？呵呵，如此的經歷，如此的人生，如此的笑話。

四

我們的正義

1

世界是分為心和物的麼？如果是這樣，心是什麼，物又是什麼？心是從屬於物嗎？那人應該就是由不純粹的碳和水的一塊微小的東西，無能為力地在一個渺小而又不重要的行星上爬行著，但我們生活不管是高貴的還是卑賤的？還是虛幻無謂的？我們之所以生活，是因為我們有令人慰籍的傳奇神話支撐著我們所承載的責任與報答。而我們也就和世界一樣，成為了世界，那我們的心是和世界的心一樣是心從屬物嗎？

兩個星期以後，一個女人問我房子租出去沒有，如果沒有她在凌晨二點要過來看房，我瞬間石化，她又解釋說今天是她朋友生日，切完蛋糕就過來，接著又說是自己住，剛來北京，急著找房。行的話就直接繳錢入住。我也很是悠閒，便答應了她。

她聲音不錯，很好聽，就是由於聲音比較好聽，我才無限的憧憬她的臉蛋和五官，應該是一個滿不錯的女生，我心裡暗爽，這是我的感性認為，理性，不，應該是實例告訴我，電話聲音好聽的話，長的也就那麼回事，這是我通過見社交網路約人見面的n次事實。我又想像著如果她從生日局回來的話，應該是滿身酒味，煙味，我太知道現在的生日局中

的各種相當勁爆的主題，可能會穿一些什麼制服或者什麼別的之類的誇張裝扮，總之，我做好了一切hold住的準備。

她叫歐如如，26歲，挺高，她是一個化完妝挺好看的女人，學習聲樂，工作是酒吧歌手，她進來時倒沒有我想像的那麼誇張，很清新的樣子，沒什麼不好，我便答應下來，她也很爽快的送了瓶紅酒給我，我推辭不掉，便接手了，看來是一個很禮貌的人，嗯，沒有後顧之憂了。下個月總算不會提心吊膽的想辦法繳房租了。

我發現和新房客都有一個共同的嗜好，即每天會看下天氣的品質，我倆唯一的區別的是她下載的是美國使館區發佈的軟體，而我的是環保部的發佈軟體，但不管怎樣，這些東西只是一種心裡的安慰，真正的事實是什麼？我們都無法判斷，因為我們都很渺小。正是這個共同的嗜好的開始，這個女生，不，是以女朋友的身份命令我，開始了我的痛苦生活。

我每天往冰箱裡塞各種吃喝零食之類的東西，她每天往冰箱裡拿這些東西，她在家，根本就不下床，每天都會大嗓門喊我給她端茶倒水接收快遞什麼的。她最噁心的一次是竟然拿我專門洗內褲的盆子讓保潔來擦地板。哎，這種事，我不好意思說，畢竟是男生嘛！總要顯得我大度點吧！但事實告訴我，你越表現的大度，別人越是覺得理所當然。

男人都是「色」字當頭。無可厚非，只能暗自安慰自己會有什麼進一步的發展空間。

如果下面我看到的這一幕真實的，我希望她永遠不要卸妝，真的，女人的妝前妝後，真的是差別太大，沒有眉毛，雀斑，假睫毛，美瞳，去掉這些，我真心的感覺我這半個月來所為她花的每一分錢都心疼，我打死她的心都有。以後找結婚物件，我一定要親手為她洗把臉。

「哎呦，姐姐，妳上次來簽合同的時候，是畫著皮過來的啊？」

「怎麼著，老娘弄死你，你信不？」

「那妳把冰箱的東西給塞滿了啊。」

我真不明白的是為什麼我此時讓她去把冰箱的東西塞滿，這句話如此坦然的說出來，而沒有一絲愧疚不安。她並沒有把冰箱的東西塞滿，這些不重要了，因為她已經不能再使喚我了。

2

阿飛這次開了輛法拉利來我家，這應該是他第5次換車吧，依舊滿身的奢侈，他的每次出場都會有一種魅力十足的氣勢，並且他的氣場也越來越足，和之前吃便當的阿飛，完全判若兩人，但真的可以靠物質的奢侈來填滿那顆空洞的心嗎？

他說他要做事業了，但是如果要做成這件事，可能他會犧牲的更多，我告訴他別那麼勉強自己，什麼都是可以慢慢來的，那樣才　實，而阿飛卻說，時間不等人，有快捷方式我幹嘛要大費周折讓自己那麼累，那麼苦。

這個世界一直都那麼浮誇，都是那麼勢力，而沒有信仰的人們，也不知自己的底線在哪裡，可能你的靈魂與肉體早已分離了吧！。

歐如如出來時已然是化完妝了，老實說她的妝真的很好，她的眼神還是在阿飛的車鑰匙那停留了一下，然後他紳士和淑女的道別。

「瑨琪，這妞長的不錯！」

「是麼？那就祝你們幸福吧。」

3

晚上八點，如約，我在可樂影城等待溫妮的到來，我一早就買好了電影票，可溫妮晚到了半個小時，她告訴我下次再去看電影，這次她只想和我在一家咖啡店裡兩個人靜靜的待著。透過微弱的光，能看的出來她最近消瘦了許多，很是疲憊。

良久，沒人說話。

「你搞的好神秘？」

「等過陣子，我發新號給你，也別在QQ上留言我。」

她答非所問的回復了我，然後便陷入了沉思。

咖啡店要打烊了，她讓我陪她到河邊漫步，她走在前邊，我走在後邊，沒有交流，溫

妮仰著頭看著沒有星星的天氣，彷彿在期待著有一顆流星會在眼前劃過。

「你在找流星？」

「我在看未來的我。」

「未來的你？那是什麼樣子？」

良久，一陣沉寂，溫妮突然間給了我一個緊緊的擁抱！很緊，很緊！接吻，舌吻，激情而澎湃，滿地上的腥草味，也沒能這場激情的戰鬥減退一絲一毫。溫妮給了我最後一個吻，說再聯繫。

4

翌日，我起來時發現全身都是紅色的小粒粒，被歐如如看到了，嚇然大叫起來，還有說我得了性病，讓我離她遠點。我趕緊去醫院去做檢查，還好醫生說是植物過敏反應。

等我到家時，歐如如已經把全部東西都點了消毒液，讓我不要靠近她，我走到她跟前，給她看檢查單據。她這才放心，卸下武裝說要準備吃的給我吃？我當然知道她肯定是有求於我，不管能不能答應，總之要大吃一頓再說。

「飯菜可口麼？」

「挺好的，妳說妳要問阿飛什麼吧？」

「啊？沒有啊！」

她還在盡力的掩飾自己，可真正的她的心思和願望全部都擺在了臉上，每一個人都會要把辦做的事演練一遍，甚至規定了自己的的臺詞，預想了對方的臺詞，但總有不按臺本走的演員，或者是對方不喜歡看你演戲。

我看著她不好意思的滿臉尷尬，我知道她要問什麼，所以，我繼續說：「妳跟阿飛不適合，妳倆也好不長。」

「不是你想的那樣，就是想認識認識。」

我點了點頭。

她說她繼續為我做飯吃。

呵呵，所謂的認識認識，這點心思也不就是要從他身上撈錢，買車買房麼？

人啊，永遠不知道一些華麗背後的淒慘命運，然而這就是社會，這就是現實。

5

鑒於歐如如一個星期的飯菜也隨著我的過敏症狀下去，我就安排了她和阿飛的見面，也是這次見面以後，歐如如請了一個星期的假，他們倆天天膩在一起，感覺很幸福，每次他們都手牽手的進進出出以示恩愛，也只不過各懷鬼胎罷了。這美好的開始也註定了有個殘酷的結局。

歐如如生活依舊是每天下午3點起來開始化妝，然後5點鐘出門，凌晨3點或4點鐘

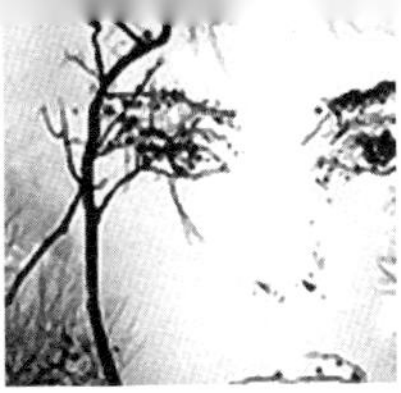

滿身酒味的回來，臉上有些情感的憂愁。

有幾個夜晚沒回來。

凌晨4點，酒氣沖天的回來，家門口吐的都沒法子過人了，我真心是第一次看見別人吐我也會吐的狀態，儘管我沒喝酒，歐如如滿嘴的罵著阿飛，混蛋，騙子，只是玩她而已。然後又一本正經的告訴我「琘琪，說實話，生活太難拼了，我還是覺得你找個老男人或者老女人養你好了，但是，你要找到靠譜的，十分的靠譜，別像我，我告訴你啊，我以前特別相信愛情，真的，我甚至割腕自殺過，你知道我現在做什麼工作嗎？我坐台，但我不出臺，為什麼，是因為我被男友傷過，我之所以不出臺是因為我還相信一丁點愛情。但是，這幾天，我出臺了，為什麼，因為掙錢多，來的快，沒人跟我談真感情，所以，有了錢，我怎樣都可以。女人，男人，老了都一樣，肯定是靠物質的維持一切。」

她點了根煙，吐了一個圈，整個房間纏繞著，一個十足的風塵的女子。

「妳家裡條件很差麼？」

家裡，我不是城裡人，不像那些有爹媽撐腰，我也想好好努力，可是，你知道麼？我爸我媽我弟住在一個公廁裡，我有一個吃驚的微表情被看到，她就立刻給我拿出了照片。

那是公廁，真的是公廁，廁所裡的便池了拆了做成了床，還有煤氣灶，鍋，碗，瓢，盆，還有一張爸爸在逗弟弟的照片。

「不錯，我是在乎錢，可是誰能解決我們的困難呢？我沒有錯，我只是想讓我爸媽和弟弟生活好點？我有錯麼？憑什麼被你們看不起？」

她歇斯裡底的哭著，哭著，哭著……

每個人總是有這樣那樣的苦衷，讓自己身不由己，而真正的身不由己就是所謂的物麼？還是別的。那我們的心又是屬於什麼呢？

6

宋帥這個傢伙已經2個月沒搭理我了，突然給我打電話，說他已經在我家樓下了，讓我下去直接去吃東西，這個傢伙害我在落下等了5分鐘還沒有到，我走到另一個門口，發現他和司機吵架，並且圍了好多人，我就上前過問什麼情況，原因是司機說話像大爺，不按顧客指定的道路的走道，那事實證明，有理的是我們的朋友，我們是消費者，沒必要跟我們耍臉。我去勸架時，師傅竟然從後備箱拿出了鐵鍊，沒辦法，這種情況也就只好找員警了。

這是我生平第一次因為打架進派出所，進去之後，什麼都不問，5個小時以後問我們和解行不行，我告訴他沒人和解，是司機先弄手傷人的，員警不理我們，說是我也還手了。我回應他，別人打我，我還不還手，我又不是白癡，但員警無視我，讓我們再商量商量，徑直走了。

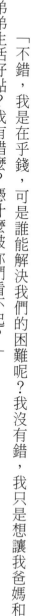

我和打他們計程車的投訴電話，他們的隊長告訴我，他們師傅都是這操性，管不了，我聽了更火大，現在京城的計程車真牛，拒載，挑活，管理鬆懈，記得上次朋友說有位師傅把拉到半道上讓他下車的，他去拍車牌照，可人家司機還讓照臉，還問發到網上他能火嗎？

哎，畢竟是首都啊，就這麼被誤解北京不友好，不友善，員警勸我說，當司機的也不容易，現在油價那麼高，都是幹一天一宿的，過去就過去吧。其實員警說的話並不無道理，但是我給你送錢的，你還這樣對待，如果換成乘客是一個五大三粗的還會這麼囂張嗎？突然想到以後誰要再得罪他們就詛咒他們全家都是開出租的。

記得一快遞叫開門，恨不得把門砸了，朋友氣不過就打電話投訴，結果那邊就回電話說等著，知道你家具體地址，你自己看著辦？結果呢，我朋友就打電話說好話，說不投訴了，但是，那個送快遞還要見見我朋友，回頭問我朋友怎麼回事時？朋友說，讓他以後別那麼亨，老實點！

我們的本性恃強淩弱慣了，只會窩裡亨，有些人的大度就被他們當成欺負的資本，都只是在自己地面上張牙舞爪的無恥傢伙。

7

大概凌晨三點，我實在堅持不下去了，準備和解的時候，過來幾個女的，其中我看見了溫妮，衣衫不整，我們只對視了一眼，她就沒再看我一眼，我知道那是什麼，涉嫌賣淫，我甚至覺得抓錯人了，但不會錯的，我在派出所遏制不住自己的情感直接質問她，我咆哮：妳做那個？

員警把我按住了，帶到另一個房間。讓簽字走人

「不走。」

「不走，也不讓進。」

「那我也不走。」

沒一會兒，宋帥也進來了，不知道說什麼，就是陪著我看天，看地，我自然自語道：天上真的有你的未來，你將成為一個有錢人，但，你以後的日子還會有真的情感嗎？

宋帥在一旁拍拍我說「越來越證明金錢支配著一切世界，甚至是精神世界。」

如果金錢也可以支配精神世界，那信仰永遠無法逾越金錢。

溫妮肯定被拘留，我也不可能等那麼久，我不想一些亂七八糟的東西，我就是想睡覺，我們簽了字，把司機狗罵了一通，到家，我吃了3粒安眠片就睡了。

1個月以後，我竟然在自己家看見了溫妮，原來她和歐如如是同事。這世界上沒什麼

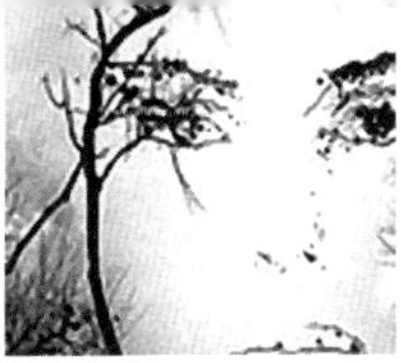

不可思議的事情，畢竟她們這個圈子也就這麼小吧！我們假裝不相識，歐如如告訴我，溫妮要住一個禮拜，我說可以。

從那天起，我也再沒有回去過家裡。

8

在宋帥家的一個星期，我們聊了很多，他跟小偉還是一樣的甜蜜，和睦，問他們上次的問題怎麼解決的，小偉說宋帥表現的很好，給了他一次機會，他們有幾次還是在夜店碰到他，還像以前一樣一直都在玩那個。

一到晚上總會做一些誘人的聲音想刺激我，還有他們每次進行時，都叫的極其的厲害，感覺是要給我聽似的，每次我都說，你們要不要這麼誇張，他們說這就算誇張了？

「小夥子，要適當？」

「沒事，我身強力壯。」

「哎，那你多吃點大腰子吧！」

每天這麼進進出出的電梯，總會有一些大叔大嬸對我的忠告，我說了不是，他們又不信，那天在同一個電梯，一位大叔秀出他的肱二頭肌給我看，眼睛色迷迷的還做出猥瑣的表情。我真心的不敢出門了，我打電話的讓超市送東西，我明明沒點安全套，可他們還是拿來了問我需要不需要？

我最最怕的就是跟他們倆一起出門，因為我不想別人看見從房間裡走出3個人狀況，這是我的堅持，但還是被他們托了出來，因為每次去宋帥他們家，門衛見到說我：「哥，我跟你一起去啊？」你能明白這個點嗎？這是我迄今為止，最丟人的事情，但我下邊發生的事，也算是轟轟烈烈的。

9

歐如如在跟我講溫妮的事情，這讓我極其的厭煩，我想到她是那樣的正義凜然的指責別人自己卻搬著石頭砸自己的腳，極其的虛偽，極其的厭惡，我試圖打斷歐如如的話，可她堅持要講完，告訴我溫妮的狎客沒給錢，本來是指著那些錢給妹妹上學的，讓我們想辦法幫助溫妮。老實說，這年頭，當雞都能被欠款，這還是新鮮，阿飛說，可以先幫溫妮，但建議要整下那個混蛋，我沒有任何表態，我一直無法接受現在去幫助溫妮，是因為我不知道他們所做的這些是不是違反了所謂的道德。我不確定，但他們的確在伸張正義。

歐如如四處打聽知道了那個混蛋家的具體位址，要讓溫妮去找堵他們家門口，見到他，這個混蛋拒不認帳，溫妮糾纏了3天才要回來，錢拿完之後，這事也就算完了。可歐如如偏偏要上演一齣，小三爭風吃醋事件。

「肖劍南，你不是說她淨身出戶麼？」

「妳是誰啊？」

「你他媽的睡了老娘，就不知道老娘是誰了？」

街坊四鄰都來看熱鬧了，我們也參合進去幫著攪局。

「你說你要讓這個黃臉老太婆，淨身出戶，娶我過門的。」

「妳到底是誰啊？」

歐如如上去就是一大嘴巴。說：「知道老娘是誰了吧！」

中間有人說，幸好他們家孩子是寄宿，要不然多丟人。我們也不想把事情鬧大，畢竟人家是一個還算和睦的家庭，所以就讓歐如如趕緊見好就收。

混亂之中，我們去K歌慶祝，席間，歐如如說阿飛不行，我們聽的都一頭霧水，過一會，我們才反應過來，哈哈大笑。

今天，他們三個是喝的最多的，他們一起唱歌，一起跳舞，一起發瘋，一起哭泣，有的時候他們得到了那些浮誇的物質也覺得是空的，為什麼？因為那些來的有些容易，沒有苦衷甘甜的心情，有的卻是心酸和痛苦，她們有沒有什麼值得回憶的往事？也許有一天我們老了，我們會講訴我們怎樣的心酸換取來的這一丁點家業。可他們該怎樣啟齒呢？

曼德然走了過來，他貌似完全忘記那件事，一樣的跟我打招呼，問我最近好麼？然後讓我們照顧照顧生意。我告訴他沒人玩這個，也許他們三個真是喝多了，堅持要玩K，我們制止不住，溫妮把宋帥認成了他們的經理，說要提高福利。歐如如高舉酒杯說經理告訴

我們身上應該都是奢侈品，這樣會決定我們的價格，你看看我現在一身的名牌。

「你那全是A貨？」

「這大晚的上，誰看得見的啊？」

「那些老闆有空就摸大腿了，誰管你真的假的。」

「我這全是真的，沒有假的。」阿飛站了起來「你們想要拿去。」

歐如如看著那些奢侈品，摸了摸說，「你這個也太假了吧？摸起來都沒我那個有手感。」

「哈哈，你們那個穿奢侈品跟我這個弄粉絲流量大同小異。」

「……」

看著這淩亂的場面。我突然間不明白我在追求的是什麼，我想得到的是什麼？我所謂的追求是虛無的嗎？我不知道自己的堅持對與錯，我在動搖，甚至覺得他們這一刻比我開心，我羡慕，因為物質生活也是我想要的，一天到晚的都在毫無意義的無所應酬？我不停的問自己，希望有一個答案出現。

物是人非，已無從界定麼？

如果說羅素的辯證心有物動，物有心生，我轉而問他們所有人，我的追求的是什麼？

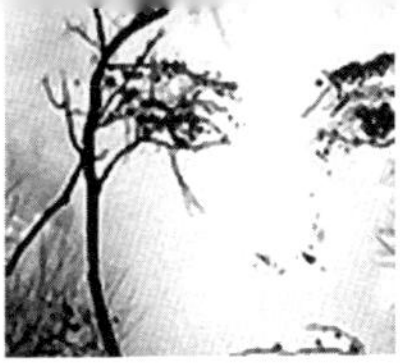

我們的正義

不管追求什麼，開心就好，生活是活給自己看，那道德呢？我們現在用什麼衡量道德，是物還是心？道德的底線在哪？做人的底線是什麼？如何做人，怎樣的人才是好人，一時間我在好壞之間模糊不清好壞的定義，我回答不了自己。也許我能安慰自己的就是，以後的回憶不是痛苦的，而是可以和兒孫講的，不是開不了口的，算了吧，人還是世俗點好，幹嘛那麼清高，但我要問的是什麼是世俗的道德？

五

不是叛逆的少年

1

那天我們散了之後，我打包好所有的東西，回老家了，房東一直打電話，我沒有接聽，因為我已不知道自己在北京的目的是什麼？演員？模特？這個做的好就是演員，做壞就是雞鴨口頭的職業。編導，這個女人當男人用，男人當牲口的職業，會禿頂的，我也怕了，在北京，我幾乎天天宅在家裡，像是一個固定程式的機器，吃了睡，睡了吃，沒有思想，一直努力去思索著我回北京要做什麼以及什麼是世俗的道德觀？可腦子一直沒有答案。我便開始回想著為什麼我會愛上藝術的行業。

老媽是唯一在藝術道德上支持我的人，看著我的惆悵，不知道該怎樣寬慰我，每次都對我欲言又止。讓我心裡更加的憋屈，回到家，老爸沒有和我有過交流。每天看著我這樣固定的模式而沒有說過一句讓我氣憤的話。因為老爸根本沒有任何言語或行為的關懷，在我看來，他並不是一個爸爸而是一個打我的工具。

我在公立學校一無是處，真的，我從學前班到三年級，一直都請家長，被認為是沒出息的學生，但爸媽為了讓有好的學習環境，我四年級轉到了私立素質學校，這個學校也許

是真正的影響著我對以後的定向，由於這個學校是有素質教育，所以我的戲劇和寫作特長在這裡得到了很好的發揮。至於數學成績一直處於及格水準。

我覺得我天生不是上理科的命，我真心笨的無法理解它的博大精深，臨近上初中的時候，為了能上重點初中，爸媽給我請了家庭教師補習數學，可換來的是卻是１０３分飛的成績，其中數學才考了２０幾分，也許我爸認定了我以後肯定不是個文化人，所以堅持要我去當兵，而我當時也和父親攤牌，我要去藝校，胳膊真的是擰不過大腿，但是，等我上到初二時，該爆發的還是爆發了。

班主任是出了名的打人狂，班裡犯錯的人都要被請家長，有的沒有被打或請家長的同學，我很好奇的問他們，他們告訴我，老師在詢問的時候，都會翻開我們的學籍表，學籍表一欄中有父母的聯繫電話。呵呵，這是我最不擔心的，因為我從小學三年級開始的就已經懂的這個了，這個電話，我從來沒寫過真的。

誰都有點背的時候，在窗邊放哨的同學，睡著了，我和同學聊到忘我境界的時候，剛好被班主任看到，有那麼一眼，我們班主任對眼了，瞬間，我心驚膽戰，但事後，我覺得寫了假電話，便直接無視班主任存在，班主任直接從後門而入，點了點我的後背，讓我進他的辦公室。

他的辦公室很小，是一間獨立的，我眼睛注意到牆角那瓶裝滿黃色的礦泉水的大可樂瓶子，我想到那會不會是尿，因為我們班不在主教樓，而廁所在主教樓，我輕微地笑了笑。

他翻看著學籍表，嘴裡還不斷的吐著煙圈，一副流氓做派，當他翻到我學籍表的時候，我一直注視著他的眼球，他貌似看了2個地方一個電話，另一個是職務。

我突然間痛恨著學校為什麼學籍表裡一定要設置家長職務，家長職務和我在這上學的有什麼必然聯繫，那豈不是，我也被劃分為三六九等了。

「喂，是林瑨琪的家長嗎？」

「你打錯了，這是賣香油的。」

班主任狠狠的瞪了我一眼。

「喂，是林瑨琪的家長嗎？」

「你好，這裡是情感陪護中心。」

班主任打了父母欄裡的2個電話，瞬間石化了，回過神來，一巴掌打在我的臉上，「不請家長，立刻退學。」

「你他媽的打我？誰讓你打的？你等著死吧？」這是我的爆發。」

我要走的時候，班主任立刻抓住我的手「你把你剛才說的話，你再說一遍？」

「說什麼說，你知道南城的石頭麼？那是我親叔叔。」

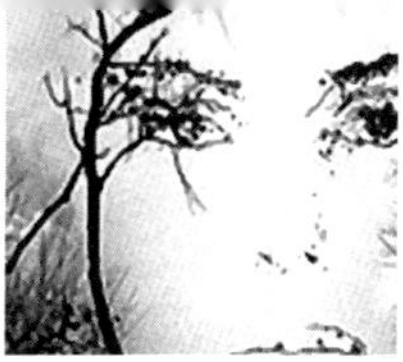

這是我腦子一熱瞎說的，這個所謂的地頭蛇我壓根都沒見過，班主任立刻成軟柿子，讓我請家長。

我繼續理直氣壯的說：「我父母不在這，他們都在廣州。」

「原來是打工的啊。」

「你是打工的，我們家可真不是，他們在那有公司，」

班主任在我身上打量了一圈，起初我不知道為什麼，現在我知道了，他是在看我這一身的行頭，這點還好，我爸在物質上對我從不吝嗇。

「那為什麼不在你們那上學？」

「大城市哪有小城市這種填鴨式教學啊？」

我丫也是賤，越說越來勁，說什麼現在每週末都會學日語我遲早要去日本留學。

也正是這句學日語，班主任考了我2句日語。

「日語的謝謝、再見怎麼說啊？」

「沙哈斯密大。」

班主任聽楞了，應該是撒有那拉啊？

我心虛怯色的充滿了面部每一個神經，因為這句話我當時在看一本韓語書上寫的，可不能表現出來，我繼續理直氣壯起來說：「你說的可能是郊區的？」

班主任讓我回去了，我很高興的回來了，回來時同學看到我這麼快回來，驚奇不已，我就更神氣了，我一直說著班主任的慫樣和在辦公室看到一個可樂尿瓶的事情，上課剛一小會兒，班主任又把我叫過去了辦公室。

拿了一張紙給我說，我剛去了微機房查電話，現在打給你看。

韓語　沙哈思密達　日語　撒有那拉

你懂的謊言被揭穿的感受，我緊緊握著手裡的紙條，說話的瞬間，嘴裡不停的發抖，被直接帶到了校長辦公室，我更無地自容，因為校長的是我的一個遠親姥爺，當時我上的是私立學校，是不能被分到重點初中的，但為了上重點初中，就找到了遠親的校長。

「顧校長，這個學生我管不了了，讓他退學吧？」

「什麼情況？」

「耍老師。」

「哦」，遠親姥爺就讓我先回班上課了。

回到班裡，我繼續吹噓自己多麼男子氣概。

晚上，回家的那條小路上，不知為什麼，我的腳步緩慢了許多，當我以最慢的腳步走到家門口時，便停止在大門口，踱來踱去，我想像著可能會被跪地辱　，臉腫屁股開花，強者始終掌握著弱者的命運。我突然想到了去爺爺和姥爺家，可這種笑話，我真難以啟

齒。

我還是硬著頭皮進去，家裡的氣氛和往常一樣死寂，沒有人和我有任何交流，大概10點多的樣子，我已睡下了，老爸酒醉但很清醒的把我從床上拉下來，一頓暴打，嘴裡一直罵著我混蛋，廢人，丟人的玩意。

「那你就讓我去藝校啊，至少去藝校我能找到我喜歡的。」

「學什麼那麼沒用的P玩意。人家都說你神經病了，讓我帶你去看心裡醫生。」

老爸打完了，說完了，出門了，老媽把扶到床上，讓我繼續睡。

「媽。我不想待在家了？」

「你好好學習吧，別想那些沒用的了。」

「媽，我想去藝校。」

「這個家我做不了主。」

這一晚，我哭了，老媽也哭了。

從那一刻起，我知道必須靠自己掙錢才能交藝校的學費，一次偶然的機遇，我看到雜誌都有徵稿，那一刻我便知道怎樣賺錢了，創作可以掙錢，我天真算著那些一等獎的獎金，我要拿5個一等獎就可以了，開始寫作，幾個月過去了，只有一個來信還有２００塊的稿費。但這也足以讓我有了信心。

2

生活依舊繼續，中考的時間到了，放榜出來，我可以上高中的藝術部，但離省重點高中還差很遠，於是我又面臨我爸的又一次威脅，要麼重點高中，要麼去當兵。我不願意去不屬於我的地方——重點高中。

那個地方不屬於我，因為那個地方，我再怎麼努力換取的那一點成績也抵不過老師的一丁點認可。

我討厭重點高中，如果不是當初我表哥表姐們和我媽哭著向我爸求情，讓我繼續讀書，或許在那時起已經是一個墮落的廢人，沒有翅膀的小鳥關在牢籠裡。這或許真的就是地獄，每天早上5點起床，晚上10點放學，出門吃飯，午睡的時間，每天15個小時在校，夏季不管多熱的高溫，全班90多人，每人每天都趴在自己的書桌上睡1個小時的午覺，我們這一代以後脊椎肯定有問題，那老了，教育部是會負責我們這一代的醫藥費麼？可能現在還有這些殘害的延續？我們永遠只會看到大城市的幸福，而不知道小城市的辛酸。

我能狠下心繼續追求我想要的藝術，也拜我高中的時期的領導所賜。你知道嗎？從某種角度說，我應該是沒上過高中的，沒有高中學籍，我學籍是某位叫張程的學籍，是買了他的學籍又補了學校的差價。

高中生活，幾乎所有的父母都要張羅著為班主任送些什麼。我不希望父母這樣賤兮兮的嬌寵著這些貪得無厭的狼，這樣只會助長了一些國家育花師更加的變本加厲。我不明白所有的父母幾乎全部都喜歡向老師妥協，也就是這種所謂的妥協，讓那些祖國的育花師在你頭上不停的拉屎。

阿飛之前就跟我講過，以前他爸媽就送禮，結果變成了月月送，稍有不好，老師就開始找茬，更有明目張膽的要求學生和家長去自己家。可想而知，去老師家總不能空著手吧，老師沒有過家訪，即使有家訪的，也是滿載而歸，恨不得脖子裡都要套上幾件營養品。

高中第一個學期，進行了4次大型考試，我有3次被廣播吆喝張程同學因考試作弊被開除學籍留校查看。第一次我是真正的作弊，第二次是數學考試的時候不會做了，我就看了份文學雜誌，定為抄襲，當時還有一個也是抄襲的，是我們學校的校花。監考老師很猥瑣的笑了笑，讓她注意點，我那天就發誓說，我下輩子一定要做個絕世美女。第三次，我不記得什麼情況了，總之，名人了，公認的最爛學生。

真的，我不騙你，我們班學習好的學生很喜歡和我坐一起，不是他們為了顯示自己多麼乖巧，而是他們喜歡和我鬧，真的，我和我們班第三名的同學坐在一起。早自習，別人拼死了背書，我們不著調的激情演唱流行歌曲。結果也只有一個——被罰站。

那天剛好下雨，外邊很冷，我們階段主任是個矮冬瓜，天天摸著自己的大屁股扭來扭去的在階段巡視，他看到我們站到外邊，問我們倆什麼情況，我們說出了原因，他就開始翻出月考成績單，然後在第三個名單中找到了我同桌的名字，就讓其進班了。而我在倒數幾位數來著？應該是第2位數吧！找到我的名字，抖擻著那豬頭肉徑的臉直走去，那幅嘴臉我真心的歷歷在目。

雖然我是被他們看不起，但是我真心不明白是為什麼我們班的團支書看上我咯！是美女哦！並且還交往了，有一次下雨，我摟著他打一把傘回家，結果被他媽媽看到了，他媽媽還很高興的對著我笑，說我好看呢。

教室裡，我們倆大概有三米的距離，隔海相望，傳字條的同學都開始個個苦逼的表情了。好吧，我便直接仍過去。哎，馬有失蹄時，人有失手處啊，我一不小心就砸到了班主任的臉上。

晚自習時，班主任很個性的讓我在講臺上宣讀我寫的紙條。

寶貝，那一起吃飯吧！

我把紙條上面的可愛表情也同樣做了出來，大家一起哄堂大笑，班主任把我叫到辦公室說我不知羞恥，沒出息，並且從小道消息得知我和團支書的不正當關係，說我下流，流氓行為，我不是一個好脾氣的人，我說那比你沒收別人的色情小說，悶在辦公室自己偷著看好。

我把抽屜猛的掏出來，看著他。

班主任想狡辯著，我打斷他的話說，「誰色誰知道。」

結果我又被副校長廣播了一次。

3

我真的被勸退了，班主任打電話說我勾搭女生，整天就知道勾三搭四的說什麼也要開除我，老爸去學校一個星期，還是沒用，說一定要開除我，我爸拿著送給校長的２條軟雲煙狠狠的砸在我臉上，說是這輩子是我讓他這麼沒羞沒臊的。

「林瑁琪，你要想上學。自己想辦法，自己解決不了，就去當兵。」

我懼怕當兵，還有我未完成的事，現在在寫一個長篇，我要把他寫完，就可以掙錢了。沒辦法，我生平第一次主動下跪是跟這個年級主管的副校長，求著他，他還是沒同意，第２天，老爸送給了副校長２０００紅包，班主任１０００的紅包，這件事就這麼解決了。從那一刻起，我深刻感受到人性的貪婪和狠心。這一刻，祖國的教師，在教育我們真善美的時候，我真心的感受到讓人噁心到吐死的地步，我憎恨著這個嘴上讓我們好好做人，不要做世俗的黑心者。這是我人生中，第一次感受的到什麼叫社會。沒人會同情弱者，金錢萬能，我只看到假惡醜。

我的卑微換取了留在校內，我被安排在最後一排的一個死角，從那以後，我開始抓緊

寫作，因為時間不多了，我還有1年的時間準備可我一點也沒學習到藝考的任何一項技能。就在我要完稿之際，卻發生了一件迄今為止最莫須有的罪名。

那是同桌和前排的同桌，兩人上課寫紙條相互調侃，什麼男性生理，女性生理，床第之事，性經驗的交流以及怎樣的自慰的手法最爽，各種淫亂不堪的字眼，我看的是瞠目結舌，這是班主任在這3個月之內窗前伺機找茬的唯一的收穫。他認定是我與同桌張發旺的交流，上次班主任沒收的就是他的色情讀物。

「林瑨琪。」

「你還有什麼可說的？」

「這不是我。」

「張老師，這真不是他！」

「你還不承認，你信不信我把你的書和紙條給你家長看？」

「老師，你這算是威脅我同桌麼？」

老實說，不是我人緣好不好的問題，而是有一個死黨就夠了，死黨，主動認錯了，但班主任還是不肯放過我，他翻看我了我所有的東西，找一些犯罪的證據——那寫滿2個筆記本的小說。

「整天不好好上課，就弄這些異想天開的東西，神經病。」

我是神經病麼？我一直問自己，做錯了什麼？為什麼每個人都說我神經病，我哭了，真的，淚腺湧出，我能哭死自己麼？我突然覺得我不是一個堅強的人，那無盡的言語已經把我煎炸的體無完膚。但我從未中止寫作，因為我知道我的夢在哪？

4

凌晨1點，我渾身充滿者一種奇特的力量，慫恿著我寫作，我爸看著我的屋子的燈還亮著，走過來，沒有對視的機會，只是一個重重的巴掌打在我的臉上，老實說我習慣了。兇神惡煞的講著：「整天弄著這異想天開的玩意，不好好讀書，以後再敢寫小說，要打斷我的腿。」

我很清晰的記得，講這些話說的時候惡狠狠的咬著牙，撕裂著我的希望，我體驗過夢碎的滋味，不是努力後的失敗，而是雛菊形成，眼睜睜的看著它被踩個粉碎。我進入到從未有過的安靜，我聽不到自己在說什麼，如果希望是這麼輕而易舉的破碎，我希望我是一個輕而易舉破碎的希望。

不知道什麼時候，這件事，被親戚朋友知道了，他們每次見面都會調侃我，把我的神經病事蹟作為一個茶前飯後笑料，我好想躲在一個黑暗房間的死角，聆聽著天使或是鬼怪的呼喊我的名字，哪怕是地獄也會有屬於自己的一片角落。

我想死可我又畏懼死，我回憶電視情節的死法，安眠藥，不賣那麼多，溺水，我怕被嗆，跳樓，我怕疼，想來想去，還是不死了，說不定還有機會。

就這樣，晃晃悠悠的高一生活結束了，在學校放假的最後一個星期裡，班主任還是把那些色情讀物還給了張發旺的父親。我想他堅持不早點的還的原因，是因為他沒看完吧！

5

高二的時候，我們的班主任竟然是一個叫王慶美的矮墩子，真的，一米5幾的個頭，據說以前曾經受過處分，原因是已經有2次誤入女廁所了，鬼才相信他是誤入，這就向我們學校對外宣稱副校長陳保秦因公死亡意義的一樣，其實，我們都知道他是連續2次學校換一把手，老沒他什麼事，一次他講課又放學晚，他讓學生讓他先走，可學生都擠著要要回家先吃飯，（學校本來就給的時間少，遲到就要請家長），都沒人搭理他，結果他把自己氣死了。學校說他因公殉職，為我們省重點學生培養了不少北大清華的芊芊學子，教師中的楷模，還什麼追加模範教師之類的稱號。

也就在那天班級文藝匯演的時候，我們的王慶美班主任，又開始了猥瑣的行為。沒有人可以再容忍，第二天上課時，我們來了新的班主任，新班主任告訴我們王慶美得了嚴重的腎病，所以以後他來代課。其實，我們心知肚明。讓你的省重點高中趕緊不孕吧，別在乎什麼生孕了。

六 對話無效的行動

1

每個人在無助的時候都會祈求上天對自己有所恩賜和憐憫，可是我們怎樣的禱告，怎樣的虔誠，都得不到回應，有時會更加淒慘。你會指著天，罵著上帝，說他是一個王八蛋，也許是吧。儘管我們這樣歇斯裡底的咆哮又能為我們換來什麼呢？上帝的妥協麼？沒有，可我們還會放棄，一如既往的反復前進。這種毅力用在追求藝術，就是一個典型的瘋子。

可能我就是一個瘋子。我試著努力和老爸做些溝通，可每次他都會無視我的存在，喝完一杯茶，看都不看我一眼就走了，N次之後，老爸失去了耐心，每次我要對他講話時，他都讓我閉嘴。

男人也有經期的時候，晚上十二點，老爸他們打完麻將收局，他的一個朋友看我沒睡，就在一旁冷嘲熱諷我。

「幹嘛呢？大作家。」

我看著他那張被狗啃過的臉狠狠的瞪了他一眼，他繼續在那傻呵呵的笑。老實說，這

樣的話，我真的聽慣了，我不想火，但我不知道，我真的承受不住了，爆發了。這種愛摔的東西品質完全繼承了我爸，已不管東西的賤與貴，嘴裡一直嘟囔著：你他媽兒子學習好，怎麼也見他說你一句好，每次提到你，你兒子就說，你當初射精的時候就應該射牆上去。把他生出來幹嘛啊？

老爸的朋友看到這種場面，灰溜溜的走了。老爸上前制止，我才不管三七二十一，使出渾身的力氣掙扎，我的這種反抗已無從招架，老爸解開皮帶就是狠狠的一鞭，我不知道被打了幾鞭，但我從未說過一句軟話。

「我要去學藝術，林立安，你有種今天把我打死。」

我媽給我買夜宵回來時，看到這種情況，趕緊往我身上攬，我爸才不管那麼多，讓老媽起來，他今天就打死我這個瘋子？我更加怒火的咆哮。「林立安，今天你不把我打死，你就不是人。」

看著老媽身上的皮帶傷口，我越是掙脫老媽，老媽越是緊摟不放。我媽一手把我推開，讓我跑，越遠越好。

就這樣，我和老媽出了家門，兩頭跑，我爸最終還是追上了我，繼續的打罵。

我的這種咆哮和哭泣引來了街坊四鄰的圍觀，我已記不清楚是凌晨幾點的樣子。鄰居把我爺爺請了過來，看著老媽的傷口，我歇斯裡底的要求他們離婚。

2

從那天起，我搬到了奶奶家住，我沒有再和我爸有過一次的對話，並且我告知所有的人我和林立安斷絕父子關係，儘管他們拿一些話嘲笑我。

在爺爺家會有一種更自在的感覺。沒有窒息的壓抑，不會擔心自己出現什麼問題，就會惹來一頓暴打或者一頓辱　。也或許我一直都是問題的。

我可以做出任何想做的事情，寫小說，看雜誌，甚至做一些不好的成人的事情，大概這種狀態持續2個月的樣子，每天便會來一個說客在爺爺家等我。教我如何做一個孝順兒子，讓我瞭解我爸的良苦用心。每次我會說出我不想被設計被規劃的時候，他們總會用各種藉口反駁我。那好吧，我只能告訴他們，如果哪天我是阿狗的時候，我會聽從他的一切的安排，讓他準備好骨頭。

我放學後通常會在鬧市區溜達一圈。儘管我很厭煩鬧市區那個賣影像的姐姐，每次我去光顧，她都會告訴我是高清的，可每次拿回家看的時候都是有碼的，並且還不是薄碼。

這次她又向我推薦並保證，還要多送我一張。好吧。我還是花了20元買了5張。你知道嗎?你猜我發現了誰，我剛從店裡出來，就看見我爸，不，打我的那個人。

他在鬧市區閒逛。並且，他向我走出來了，我的心跳速度不停的加快，並且我告訴我自己，他一定不會看到我從那個地方出來的。我不看他，並且我努力做到不斜視他一眼。

見鬼，他還是攔住了我，在眾目睽睽的大街上，他竟然翻起了我的口袋，發現沒有。又翻起我的書包，就在他翻起我的書包的時候，該死的，那5張盤竟然從褲腿裡劃了出來了。

他什麼也沒說，就是一個嘴巴，然後讓我滾。

「瑨琪，回來了？」

這回是我乾爸過來的，我沒有搭理他。可他還是走了過來，坐到我身邊，探頭看著我在寫一個叫爸爸的一個話題作文。

「要寫爸爸了？」

「我沒有爸爸啊，怎麼寫呢？」

「什麼話，你爸不還是挺好的嘛？」

「好，有什麼的好的？」

「怎麼不好？你看看你身上穿著這件衣服不就是你爸給你買的嘛？」

我不知道這句話的著火點在哪裡，使出全身的力氣把這件襯衫脫了下來說：請你還給他，我不需要，我，我光著都比穿著他買的衣服舒服。

「你怎麼能這樣？」

「你這孩子怎麼那麼大脾氣。」

「你怎麼那麼不聽話呢？」

我深嘆了一口氣。

所有的人都在說，持續十幾天裡，每天都會有人指責我，這貌似已經變成了我生活的一部分。成為了每天的必須課。

我討厭這種指責。

討厭這種說教。

沒有人覺得我是對的，我是錯的。

我一直都是錯的，一直都是自己的問題，沒有好好學習，沒有尊重老師，沒有孝道父母。呃！孝道父母？是啊，因為沒有好好學習，被老師責　，然後和老師做對，再然後和家長做對，說白了就是2個成年人欺負一個未成年人。

我已經承受夠了，身體不斷的顫抖，力量需要釋放，這力量已經無法在我身上承載。爆發了，我把桌子抽了起來。

「你話說完了沒？」

「有話好好說。」

「沒什麼可說的。」

我看到剪刀的時候，我順勢便拿起了剪刀，我想把自己的耳朵給剪下來，這樣的話，我就可以聽不見任何的言語，就會知道這個世界一切的一切都是那麼的恬靜。不會再有更

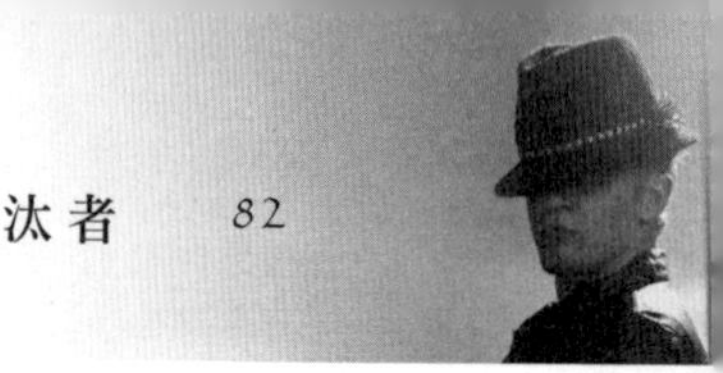

刺耳的聲響，以及那些可惡的國家的園丁侮辱性的指責。

在我和乾爸搶奪剪刀時，意外的劃傷了奶奶，全家亂成一片。

3

我跑了，花了10元錢，坐上了一輛不知道開往哪個村子的長途車。

看著這一路路的油菜地，我不知不覺的恍惚的睡著了。

終點。我被旁邊的大爺叫起來下車。

鄉間的黑夜，只剩下田地的大合唱。走過別人家門口會時不時的聽到幾句家常話。

沒有工業的刺鼻，只有田間的泥腥味，一幫和我同歲的孩子在燒玉米吃，看到我走來，他們趕緊跑。

我喊住他們，說我不是本家，讓他們盡情享用，他們也倒大方便讓我坐下來一起享用。

「你是哪家的？怎麼沒見過你？」

「哦，城裡的，沒趕上最後一趟車，回不去了。」

「那你在這沒熟人？」

「沒，有的話，這麼晚了，我也不閑溜達了。」

「那你晚上去我家吧，明一早你再走。」

「真的嗎？謝謝啊。」

和我對話的是跟我差不多同歲的男生叫慶寶，輟學了。他告訴我說老師太黑了，跟著他，知識是學到了，但我爸怕我人品學壞就不讓我上學了。到他家門口時，我說要給他點錢，他告訴我說，不用，他沒把錢看那麼重。我要淚流滿面時，他卻告訴我，下回他去城裡，我要包吃包住包玩，要不然現在就讓我走？

他不做虧本買賣。我點頭表示應許。

晚上，他睡覺一直的鼾聲不斷。貌似我很久沒有這麼沒心沒肺的打鼾睡過了。每天晚上睡覺，都會焦慮的失眠，想到馬上就要考藝考的技能還沒有學就睡不著覺。可現在能怎麼辦呢？還有，他們發現我不在了，肯定會到處找我，然後會狠狠地打我一頓。他們所有人還會這樣那樣的教訓我，可是奶奶的狀況誰又能告訴我呢？

我翻來覆去一宿沒睡。

翌日，早上。

我趕頭一班車。我穿好衣服跟賴在床上的慶寶道別。他不讓我走，而是讓我寫了一張他去城裡住我家三天三夜，包吃住玩的保證書，還讓我摁了手印。

4

回到城裡，我一直糾結於先去醫院還是先去家裡找媽媽。可在哪家醫院我又不清楚，回家我又害怕碰到那個人。沒辦法。我只能先讓鄰居家的小孩敲我們家門，看看開門的是誰？沒有人開門，我就躲在一個角落裡，等著我媽回來。

我等了2個小時都不見有人回來。就去報亭，買了份報紙，讓報亭的老闆娘打我媽的電話，我告訴老闆娘說要是個女的就讓我接，要是男的，你就說打錯了。我一樣給你錢。老闆娘卻說，這個要多加一塊錢，說是很多人都找她這麼幹，知道我是給女朋友打電話的。我告訴她不是，是打給我媽的電話，老闆娘這也要加錢，肯定是考試不及格。她還告訴我要是請家長什麼的也可以找她，一次才10塊錢。

「真貴，竟三輪的才5塊錢」

「城裡的出場費當然貴啊」

「給你錢，你快點打，以後有這方面的需要我會來找你的。」

媽媽告訴我奶奶沒什麼大礙，在醫院包紮完就回家了。她正在奶奶家，讓我過來看看奶奶，我聽話便過去。

奶奶只是手臂上包紮了醫用布，沒什麼大事。關心之後奶奶的問題，竟然沒有人質問我的昨天的去向，沒有任何訓責。只是讓我去姥姥家。

爸爸看到我時，也沒有任何指責和言語。我更加覺得不可思議。突然覺得他們都不關心我，我失蹤了一天竟然沒人詢問我的狀況，這使得我有點納悶。

「媽，你們怎麼都不問我昨天的狀況，都不焦急？」

「怎麼不著急啊？昨晚都在找你？」

「但你們怎麼不罵我了？」

「你都要剪耳朵了誰還敢罵你。」

我恍然間明白一句真理即是父子相鬥，老子永遠鬥不過兒子，好像這句話是有點真理。既然明白了真諦，我也就真心明白了接下來我知道應該怎麼逼迫我爸讓我去參加藝術培訓。

5

我聽說我爸喝多了向好友哭訴我是怎樣的怎樣不認他，我就覺得我找到了合適了契機，並且我認為這個契機就是我爸向我的妥協。

「爸，跟你商量件事情？」

「什麼事？」依舊嚴肅表情。

「我下學期學藝術好麼？」

「沒商量。」

「你看我文化都那麼差了？」

「高中完事了，你就去當兵。」

「我真的真的沒時間了。」

我跪在地上求他，可他還是那麼堅定，絲毫沒有半點動搖。我歇斯底里的哭，求他，讓他答應。

給我一次機會，沒用。

天秤座的固執也有像是金牛座時候。

媽的，星座真不準。

我怒了，爆發了。

「林立安，你不出錢讓我學藝術，我就死給你看？」

「你也不用嚇唬我，你要有本事，那你就去死。」

我轉頭就往河邊跑去。老媽在後邊追我。我跑到了河堤邊，老媽，表哥，表姐都窮追不捨的跟了過來。

我看著他們都來了。直接跳了下去，表哥趕緊跳水把我拉上岸。

如果死的決心，還不無法喚起半點的同情，那麼這件事是不是就意味著放棄呢？我只能說，這只是一個開始，如果你想成功，你想達成目，那只有堅持。當我們被逼到頂點的

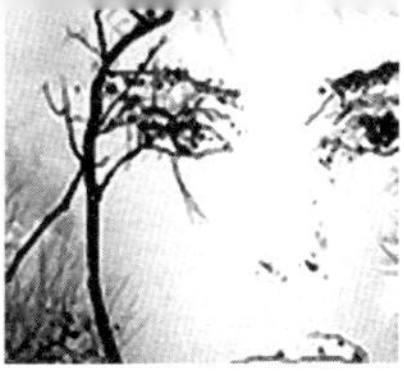

一剎那，就在那一剎那，你的思維會達到前所未有的活躍。我把目標鎖定在家庭的房產。當時老爸把別處的地拿出來蓋成樓房，他每次和購房人的交流，我都會在一旁聽著，價格方面，是我尤其的注意地方。

終於有天，爸媽都不在的情況下，我自己招待了一對買房著。

「這房多錢？」

「15萬。」

「最底多錢？」

「14萬？」

「還可以再便宜些麼？」

「這已經是最低了」

由於是私人房產，這對夫婦拼了命的壓低價錢，當我說不能再低的時候，他們便開始挑剔房產的問題。我總是會笑著說這已經是最低價了，然後他們就走了。

我知道這對夫婦還會再回來。因為他們和所有的看房著是一個套路。因為，當我們看上一個東西的時候，才會去打聽的價錢和最低價，還有關於產權和房產證的問題，他們說著房子的不好只是要和你打心裡戰，為的是能讓你以更低的價錢賣給他。不出所料，事實也正是如此，這對夫婦再來到時，我告訴爸媽是同學的姐姐要結婚來看房的，他們也就沒有跟過去來，讓我自己去招呼了。好吧，這對夫婦又問我價錢的問題，讓我給他們一個最低價，我告訴他們價錢是爸媽訂好的，可這對夫婦不知道是不是覺得我傻，讓我去做我爸媽的思想工作以更低的價錢賣給他們。

我告訴他們，爸媽他們在外地。

「那你們這房怎麼給錢？」

「給我啊？」

「給你？你還是個學生吧」

「我都23了，已經上班了，在電視臺工作。」

「那你看著真不像？」

「不像嗎？好多人都說不像？我都賣了3套了，他們都這麼說？」

天知道我什麼時候做過這種生意，但不管怎樣，這對夫婦還是相信了，說今天可以付款，讓我再便宜點，說是要介紹個漂亮女孩和我處對象，我假裝很為難的給他們便宜了5000塊，按照規矩，他要先付百分之80的錢，等他們拿到房產證的時候付餘下的百分之20。

事情進展的很順利。打到我帳戶12萬，我留下5萬塊，這是我計畫的藝考費用，其他的錢，我轉到了另一張卡裡，並寫了封信給我爸，告訴他錢是我拿走的，和我媽沒有任何

關係。要他有本事就找我算帳，別怪到我媽頭上。我那張7萬元的卡放在家裡還告訴了他密碼。

你知道我拿到這第一筆錢幹嘛麼？我要去整形，去整下我那該死的招風耳，該死的，這對耳朵害的我總被別人嘲笑，當我到整形醫院時，這和我當時我在電話裡談論的完全2個價錢，好吧，已經到這了，我就讓他們做吧，天啊，他們竟然不蒙上我的眼睛。我都能看到血跡，你知道剪刀在耳朵邊刺刺拉拉的聲音嗎？嚇死人了。然後，我就找了一個賓館住了下來，我要住一個星期呢！因為要拆線的。

就在這個賓館的夜裡，午夜的時候，竟然有人敲我的門，我就知道肯定是服務小姐，沒有開門，我說你走錯門了，可她說是走對了。讓我開門，我起來透過門鏡看到一個畫著花臉大妝穿著黑絲的女人，她不漂亮。如果她漂亮，我是可以讓他進來的，此後，這個女人每天都會來敲門，我每次都說昨天你來過了，等到我住的最後一個晚上，她突然不敲門了。我就好奇，發賤的在樓道裡找她，可她並沒有出現。我準備下樓等她，就在我賓館大廳裡，我看到了她，她竟然沒頭髮，是個禿子，旁邊的那個男人說，這個女人太可惡了騙了我2回。這個女人，不，這個男人，上警車的時候還對我笑，我嚇的渾身哆嗦。

那家整形醫院是黑店。真的。之前他們還對我客客氣氣的，可我來拆線的時候就是另一個態度，當拆完線之後，竟然和我之前的耳朵沒區別，天殺的，我就和他們理論，他們

根本就不搭理我。說要讓我帶耳機帶2個月。

哼，總之，我被騙了。

6

初到北京，你永遠不知道北京的水有多深。

外邊有很多大大小小的所謂的經紀人，導演給你名片讓你去公司面試，我就去了。他們有三次考試，和藝考的模式是一樣。我很高興，我進入了三試了，公司要給我簽合同了，但要讓我支付一筆攝影費。說是藝人，必須要有一組自己的照片，好吧，我繳了錢，給我拍了幾張片子。然後他們又去讓我去面試，好吧。貌似是一位很出名的導演，網上有他的簡歷，事實上也有他和那些大碗的合影，甚至央視也播放了他的作品。那個導演貌似叫姚姚。

「你是哪個院校的？」

「我是來考學的？」

「考學的？」

「準備花多少錢？」

我懂的他這句話的意思。有消息傳頂級的院校的大本價格在30到50萬之間。然後我把的情況告訴這位元導演了。他真的是好人，說要幫助說服我的家長，然後就打電話給我爸爸。讓我爸爸來趟北京，說我是個可塑之才，讓我爸重點培養，一定要來北京一趟。就這樣，我爸就過來了，他們一起吃飯喝酒了，我爸看到了他真實的身份。就按他說的要求，給了他15萬，讓他幫我搭理一切。好吧，我就坐享其成了。

等到榜單下來時，我竟然沒在前50名之內，學校準備要的人都會開一個小型會議。可並我沒有，當我打電話質問時，手機永遠處於關機狀態。

這種狀況，唯一的好處就是我可以留在北京。打聽關於那個叫姚姚導演一切行蹤，在這期間，事態已然走到這種地步，也只能再給予我一筆錢學習藝術。

第2年的考試總之又失敗了，但好的一點，我又被忽悠到那個公司，將計就計地又看到了老熟人，他可沒並沒有看到，我記下地址就回去了。我找到了最好的朋友。他是我們這個圈子的大哥，他告訴我報警沒有任何作用。沒有任何證據，當時給他的全是現金。即使報警，也未必會有作用，所以他告訴我要用黑社會的一套嚇唬他，結果還真的管用。在這種正義的面前，貌似黑手段可以彌補中國法律不健全的空隙。只是我們不知道這黑手段的空隙能存在多久。

錢回來了。這筆錢我並沒有還給父親，而這筆錢也就成了我在北京換種方式成就自己的經費。

呃！麻煩的是這也代表著我和父親依然是陌生人。

七 豪門的男友

1

我在家裡已經超過10天了。每天都是周而復始的迴圈著生活的無味。一切都是無味的。都只是為了那個該死的胃囊，不讓它感受到饑餓罷了，人啊，唯一能在性前面倒下的就是食。

老媽每天看著我無病呻吟的病態模樣。讓我陪她去逛街，老實說，我不想去，我怕見到一些無聊的熟人，問一些無聊的問題。但我這次回來還真沒怎麼陪老媽閒逛過。便答應了。

你知道麼？我一出門，就碰見了那個該死的花大嬸，她依舊那麼富態。我不知道他用了什麼高級的護膚品把自己那張滿臉垂肉的大臉搞的十分油膩，並且她還做了墊鼻手術，因為她以前就沒有鼻樑。

「哎呦，瑨琪媽，瑨琪怎麼在上學期間回來了？」

「哦，回來辦護照。」

這是老媽的回答，我和老媽對視一笑。我就知道她那三個月的假孕肚子都是心眼，她

無非就是想突出他兒子怎樣怎樣的優秀，她向來都是那麼假模假式的。

我知道她不高興了，她就換了話題。

「你在北京哪個大學啊？我們家可良在北京郵電學院。」

「那可是好學校啊！」

她就是等著老媽這句話，來表現出對她的羨慕之情。她那滿臉的橫肉，多出來的部分像一大塊肉瘤子。哼，我依然清晰記得，就是這種笑臉老是把周邊的小孩子嚇哭。我死死的盯著那個肉瘤子，不時的打了冷顫。

她看出了我的嘲弄，頓時陰下臉說再見，徑直走了。

她扭頭走的時候，非常輕聲的罵我是廢人。我反應迅速地回應她是千年老臭蟲。她便要跟老媽理論，老媽滿口說著我不是，又催促我道歉，我沒有理會。老媽就使勁的向她道歉。

苦逼而又傲慢的臉。

「妳老公是廢人，妳兒子是廢人，你們全家都是廢人。」

「你這個沒家教的玩意。沒出息的東西。」

鬧市區已經圍了好多人在這裡看熱鬧。人越多，我就越高興。我大聲的喊：「妳兒子好，妳兒子最好，妳兒子天天偷你男人的毛片，天天打飛機。」

說真的，周圍的人笑的越厲害，我就越高興。

好歹花大嬸要點臉，啐了一口痰，走了。

我說過我不能出門的，一旦出門就會碰見這種衰神。瘋子，廢材，這只是當時的成績不好冠以的標籤。我努力擺脫著它，可它從未放棄我，我恍然明白我在的意義是什麼？可我還是不知道世俗的道德到底是怎麼來區分這個臨界點，我千辛萬苦的來到北京，那麼多人看著我的笑話，他們肯定在背後說著一些讓我作嘔的話。到頭來只不過證明他們是對的。不可能，這不是我能妥協的，為了自己，為了唯一支持我的老媽，我要讓所有人都為那不屑的嘲弄付出代價。

2

也許這場景和第一次離家一樣。

老早的起來，悄然無息的收拾著打包行李，我並不知道老媽是何時的醒來的。她披了件衣服什麼也沒說，只是在幫我收拾行李。老媽把我裝在行李箱裡的所有東西拿了出來，又重新幫我規規矩矩的疊好。讓我吃了早餐再走。一碗粥，兩個煎蛋。

老媽看著我吃，我讓她也吃點，老媽說不餓。

老媽給我感覺一切都顯得的平淡無常。沒有愁苦的表情，也沒有傷感的言語。或許在我身上經歷太多，老媽已然習慣了這種場合。

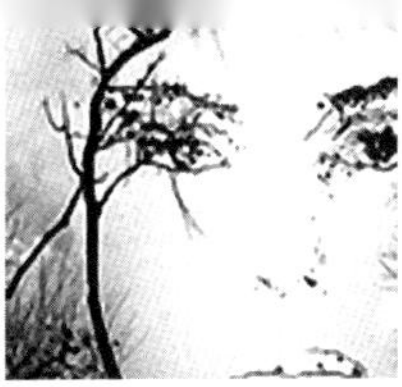

送我出門的時候，老媽僅說了一句話「好好努力，記得錢不夠了來電話。」

3

回到北京，貌似一切都發生了改變，阿飛不知道什麼本領多了一個富2代女友，我很好奇的問他那個老女人怎麼辦時，阿飛很不以為然的告訴我：兩不耽誤。這就是所謂的雙管齊下麼？一個是中年母狼，一個是慾動母獅。吃的消麼？呃！還有宋帥。我的秀髮都禿頂了都想不到他們是那樣的激情而沒有節制。竟然以性生活不和諧而吵架分離？如果一對縱慾者因為性生活不和諧而吵架的話，那麼這能代表什麼呢？

我暫時身無定所，宋帥就邀我去他家。我剛好也想討教一下關於他們這對床奴為什麼性生活會不和諧的原因。

宋帥說小偉要的次數太多。他已經嚴重的體力透支，並且他還拿了什麼大補丸之類的給我看。你要知道，性這個東西，做多了，慢慢的也就沒什麼激情了。

「那到底是你沒有激情了？還是你體力問題？」

「應該兩種都有吧。你要知道！誰能一直保持一種烈火的情感，現在的愛情模式就是先天天不下床然後偶爾下床再然後就是偶爾上床。這是情感所固定的模式，我們不可能死在床上。」

「那你們也不可能天天做吧？」

「怎麼可能？無非就是對方想要，你做不做的問題。」

「那到底是誰想要？」

「…………」

宋帥徵詢我的意見。老實說，這的確是個難題，在你最需要的時候，自己的愛人近在咫尺卻得不到，感到自己的魅力不足。或對方有人，或為了顏面。下次對方想要的時候，也不從了對方。這樣情感就產生了一種隔閡。沒有肉體交流，就等於沒有了親膩的情感。這真是可怕，你不得不承認，越性福就是幸福。

我就告訴宋帥，為愛向前衝。

睡覺時，我突然很變態的想如果有2個生殖器就好了。但是有2個生殖器的話。如果這個要進行性愛，那另一個生殖器會不會不爽呢？我想了好半天都沒想出所以然來，好吧，這是個齷齪的想法，我還是睡覺吧。

宋帥一如既往的去夜店，我還是不太喜歡燈紅酒綠的氣氛。

一個人在家無聊的翻看著一些時政雜誌。老是說；這些新聞都只是報導罷了，沒有寫出任何的事態進展。就像是一本懸疑小說，但還不如懸疑小說，懸疑小說，總會有大快人心的結局呢。

宋帥這張碟子的曲子。我越聽越鬱悶，裡面全是幽怨的詞彙，特別是一些曲子，會有

一種能讓我把心臟擰成麻花似的難受。我必須出去走走，屋裡太讓我擰巴了。我又不想去吸汽車尾氣，便去社區後邊的花園裡，閑溜達著。

我相當無聊的躲到一暗處聽著一對那爾索基在調情。

「你和你男朋友怎麼辦？」

「先這麼著吧？」

「你不跟我好了？」

「什麼」

「你不是說離不開我的。。。」

「也就是床上的調情的話」

「那你還會找我嗎？」

「會，會的。」

呃！就這是所謂的419咯。變成更洋氣的名詞即是ONS。發生這種事情，肯定是男人的武器不行，男人的武器？貌似這個武器是天生的吧？額！或許也有後天努力的吧！管它呢，總之，把武器變強大就好。

比起這個，這兩人的聲音，應該有一個是小偉的吧？

呃！有幾隻流浪貓貓跑過。一直衝著我叫，貌似是要給牠們的吃的。我趕牠們走的時

候，卻不小心被樹枝劃到了。很輕微的聲音還是被他們聽到了，那個男的要揍我，小偉看到是我便制止並要我一起上了樓。

「是宋帥讓你來的。」

「他不在家，我無聊才聽的，沒想到是你。」

「你會告訴他？」

「不會。」

我的回答讓小偉極不信任的看著我。他擔心我背後一套，我直接了當的告訴他不淌這渾水。太多事情告訴我，淌進別人情感的渾水裡，最後自己弄得人不人，鬼不鬼。

你永遠不清楚對方的心裡打算是什麼？很有可能會被人借力打力。

宋帥整整一夜都沒有回家。小偉也沒有打電話，只是蜷伏在沙發上，雙手抱著腳，一會兒扣著自己的腳丫，一會兒看著大視窗，耳機裡反復重複著LOVE TO BE LOVED BY YOU這首歌。為什麼這種讓自己飽受針穿心的痛還要如此的堅持等待。

早晨7點，宋帥沒有回來，他還是堅持等待。

「你還要大鬧一場嗎？」

「不，看到他回來，我再睡。」

愛情讓我們傷感，從來都是我們自己折磨自己，把自己搞的筋疲力盡而換取不了任何

一點的事態進展，好多時候，明明想挽回的愛情，卻拼了命沿著相反的路途走。

小偉明智的。他告訴我，並不打算和宋帥大鬧一番。這件事，2個人都有問題。既然撕破臉了也是於事無補，索性就成為2個人的秘密吧。即使雙方各有新歡但不存在經濟利益和事業利益，還會在一起。小偉說他已經習慣有他的生活了。喜歡他在喝醉時，大老遠的跑來照顧我，給我葡萄糖，喜歡他在下雨的時候，把外套脫給我，喜歡他背我的感覺。

除去物質的虛偽外衣，每個人應該都是有樸實的內心吧。

3天後，宋帥沒有回來，小偉走了。

他說他知道自己原來在宋帥的心裡是處於一個怎樣的心裡地位，一切只不過是自主多情罷了，這個世界沒有誰離不開誰，浮誇的社會裡，已經沒有那種純愛的故事了。為什麼那麼多人喜歡看純愛小說是因為現實過於殘酷，只能靠小說給予我們安慰。

4

誰也想不到宋帥回來的時候，第一時間就給我引薦了一個叫作光的富2代男孩。現階段他們像連體嬰兒一樣親昵。事實上，他們一直都在連體吧。我告訴宋帥，小偉在家裡等了他3天，宋帥先是楞了一下，然後告訴我說，他消失了差不多一個月，誰也不知道他在外邊怎樣的亂搞。回來是讓我慰安麼?他不讓我搭理小偉。

他還說他現在要好好的經營自己的這段愛情。

每個階級都會有每個階級的圈子。

宋帥的男友光和阿飛的女友靜，自然也就是好朋友，自此他們每天都會在一起各種玩樂。因為我是單身，所以每一次都是我一個人喝悶酒。好吧。每一次，他們都會拿開刷，說我是一個既不懂女人也不懂男人的異類。每次只剩下我們三個人的時候，阿飛和宋帥總會做我的思想工作，說哥們都有朋友了，不能眼巴巴的看著我單身，不要老是緊握自己左手或右手。

他們要給我介紹一個富2代女友，要形成一個利益派。此後他們便開始各種宣傳，說著我的憨厚老實，但生性悶騷，所以希望女方主動點，還扯淡的說我是處男。

他們就這樣無厘頭的宣傳著我是處男，每次我都說沒有任何意義，況且我也不是處男，他們卻說處男更容易獲得女子的芳心。其實，我倒是覺得現在的女子都喜歡性經驗豐富著。事實證明也是，如果哪個其貌不揚的女子說自己是處女肯定會沒有人相信。但如果哪個其貌不揚的男子說自己處男，肯定都會信。

男人或女人，在饑渴難耐時，你不會挑肥揀瘦吧！色香味也可以沒有吧。不管小饅頭大饅頭吧！黑木耳你也是將就吃的吧！充饑解渴才是王道吧。

所謂的追求，所謂的事業，所謂的夢想，已全然拋之腦後。

如果一種生活過的很安逸了。我們也就不想再努力，當我們知道如何去腐蝕的享受生

活時，我們的心也就一點一點的被腐蝕。惡魔總會給我們各種誘惑，來混淆我們的心智。上帝永遠都是撒手不管的，因為是自己選擇要過怎樣的生活。

5

如願，在一次玩化妝聚會裡，我認識到一個叫李芸的女孩。一個膽大的女孩。至少我們在玩遊戲時，我們輸了。被要求接吻時，是她主動親吻我的雙唇的。也就是那天以後，她便要求我去桂林遊玩，我告訴她自己現在沒有錢。她很生氣，告訴我不要跟她提及關於任何錢的話題，然後就拿起了我的錢包掏出身份證訂了機票。

出發的前一晚。我們住在了一起，我沒有碰她，但她也沒有勾搭我。

她在桂林訂了一套一個粉色主題的蜜月水房床。我知道那是情趣，不然她不會一進房間把行李一扔在一旁就重重的躺在床上說這個房間超有心情做愛。我也沒有感到奇怪，只是臉色泛紅，羞羞澀澀的說了句話哦。

你知道嗎？洗澡的時候，她竟然把浴池的窗簾先掀了起來。我就裝作看書，不往浴池的視窗瞅一眼，她敲了下玻璃，擺了一些poss挑逗我，儘管有霧靄，但我還是有所反應。

那一會兒我洗澡的時候，是拉開還是關好呢？就在我糾結的時候，她洗完澡出來告訴我不許拉窗簾洗澡。

「那，那不太好吧？」

「那有什麼不好的？」

「哦，好吧」

我照做了，但一直背對著她。沒有回頭，我在洗澡的時候想，阿飛和宋帥是不是有遇到和我同樣的狀況，他們倆應該不會不好意思吧。恩，那他們可能去一起會鴛鴦浴吧。

我並不想說，我是裝作正人君子還是怎樣。當我觸摸到她的時候，竟然是裸睡。如果我講我沒有和她發生什麼你會相信嗎？你肯定會認為她不好看之類的，沒有不好看，她有著優人的模樣和性感的身材。我敢保證，你看到她的嘴巴，你就想幹壞事，這並不誇張的說。事實上，我真的沒有和她發生關係，儘管是頂了一個晚上，可我還是不敢，你永遠都不清楚如此優人的白富美背後有什麼陰謀。

我為什麼要說是一個陰謀論，是因為我們窮人永遠都不知道富人裝扮著怎樣的激靈，說不定就會要求你做一些無理的事情。我可不喜歡舔腳趾頭，什麼聞襪子又是帶鏈子的被虐傾向，所以我還是保險點好，先觀察一夜再說。

男朋友並不是男傭人，這一點要真真實實的要搞清楚。我受不了公主病的女生，網上轟天炸雷似得流傳著男朋友既要超越父愛，又要擁有母愛的對待女朋友？女生髮，男生轉，轉了你又做不到，何苦呢！

瞧瞧吧，多麼霸氣的女生！讓我拍照，拍的不好就是各種刺耳的損話，說什麼小時候吃雞爪子多了，家族遺傳症。她跟我的交流，言語間一直是一種趾高氣昂。總會讓我覺得我欠了她們家幾十頭老母豬。委實讓人難受。你看啊，她又在說我不會打光，手在抖，不會拍照，她的眼睛長在天靈蓋上了。我是騎著馬在給她照相。我在想，如果我要和她結婚，她能用三年的時間把我逼的我親媽是誰我都不知道，我可不想進入瘋人院。

我自己在琢磨她這樣對我是因為昨天晚上我沒有展現男人雄風麼？所以她才這樣故意整我。

晚上。一切如舊。我已不管什麼陰謀之類的，我只希望讓她看到男人的懲罰。別再像白天那樣把我當奴隸使喚，可白天依舊是一個傭人。真心的感覺，富2代的女友不是那麼好玩的。如果兩個人的差距太大，能力差的人永遠都會被踩到腳底。差距大的戀愛，一直都是不現實的，如果你想換取什麼，就必須要有所捨得。

關於自尊的捨得。你是否懂得？源於愛。

晚上，我直接訂機票，悄悄的回到了北京。這一趟的桂林之行，真是讓我窩火難受。我立刻打電話給阿飛、宋帥讓他們出來喝酒，我們三個促膝長談了富2代女的公主病讓我們這些正骨青年憋屈難受。阿飛說，在老女人面前還可以撒撒嬌幹嘛之類的還會有人寵，跟她們在一起，就是買了一個祖宗，宋帥也苦不堪言，說著他原先只是一頭熱，想想以前他爸爸取了一位很有錢的新老婆。那個女人還有個跟宋帥年紀相仿的女兒，你猜怎麼著？宋帥的爸爸一定要讓宋帥去娶他後母的女兒。宋帥不答應，宋帥的爸爸就分析了大勢。告訴他如果娶了後母的女兒，以後她後母的錢，就真真正正屬於他們了，讓他長個心眼，可是宋帥根本就不想娶那個被釘子紮過的臉的女孩。事實上，不是富2代女孩有這樣的通病，隨著富養女的聲音越喊越高，養女比養兒值錢，省錢，越來越的多的女孩都在往公主病的惡性趨勢轉變。

我們三個醉熏熏的回到家，李芸已經在家門口等我了，我很好奇她這麼那麼快就來了。

她說她趕了第二趟航班就回來了。

「她很疑惑的問我，你不喜歡我麼？我說喜歡。」

「你是一個很漂亮的女孩，可是我們不適合。」

「難道你覺得我配不上你？」

「恰恰相反，是我配不上妳。」

「那又怎樣？我可以滿足你在事業的一切需求？」

「比如說……」

「比如說，你想要做的一切啊。」

「你是爽了就翻臉不認人麼？」

「不，不是那樣的。」

「那你就乖乖的待在我身邊。」

我聽不慣這種詞彙，受夠了，她一直在給我講這些讓我乖乖的。表現的好有獎勵，不一樣的獎勵哦，呃！又是那個眼色，網上那句流傳語——你妹的！

「50萬你不想要了？」

「什麼50萬？」

她告訴我說，她有一個相戀8年的戀人……是個女人。如果我答應。事成之後會有50萬的酬勞。我問他，阿飛知道不知道這件事，他說阿飛清楚。

我點了點頭，祝她們幸福。

「窮鬼，這個社會，尤其是在這，沒有快捷方式，你很難出來，這個道理你不會不懂吧！」

「是的，我是窮鬼，窮鬼也有志氣。窮鬼也是人，每個富人也都是從窮人起家，你趕緊忙你自己的事情吧，窮鬼也要拼搏自己的事業了。」

「呵呵，那只是一個笑話。」

宋帥和阿飛聽到了我和李芸的對話，醉熏熏地說，「你們他媽的才是個笑話，有錢了

不起啊，你再有錢還不是離不開男人？」

「三個爛東西。」

「滾，別在我家叫喚。」宋帥「咣當」腳把門關上了。

笑話？窮人拼搏自己的事業是個笑話嗎？每個人沒有走到深淵，根本看不到社會最本質的骯髒。太多的人心叵測和貪婪成性。我們一直努力拼搏等待著公正，但不知道哪一天會是這萬惡不公的結束。也就沒有了拼搏。

八 男人的抉擇

1

我們退了那個所謂的快捷方式圈子。這並不是我們清高，而是有些人一輩子都不適合過這種沒有風骨的生活，有些人卻特別適合吃這種軟飯碗，這一切都是性格的使然。沒有什麼對與錯的爭端。

每個人都有各自的活法，這不關乎道德。

還記得我說過那個幫我要錢的老大嗎?他開了家娛樂公司。我呢，我很有幸地在他們公司裡上班。我貌似找到了一個可以轉變人生的機會，也許這是我要的安閒日子。每天固定的時間上班，找一個好的老婆，其樂融融的過上一輩子。

這一切都只是憧憬。

剛入職場的我，並不懂的那些所謂的爾虞我詐的遊戲規則。沒有人會教你該怎麼做，他們總是告訴你，要學著自己找事做，不要指望著有人會手把手的教你做什麼?職場裡，沒有人有這個義務。我突然覺得自己像一個閒散的人。在一個固定的場合裡消磨時光一些端茶倒水的工作，可能永遠都是這些吧?想學到真正的技能，可又不知從哪裡摸索，半個月的時間，我幾乎沒有做過任何正經的事情。我終於忍不住去找老闆告訴他，為什麼沒有教我應該怎麼做，我要做什麼？老大的回答是說一切都是自己摸索，人生的道路上，永遠不可能都會有老師陪伴。好吧，這一切都是自己摸索，那什麼時候會是終點呢？

你肯定會問我為什麼這個老闆會幫助一個沒有任何經驗的小生。好吧。我不得不說，這是因為他之前做過一個組合，而我和那個組合的人有染，那是我在北京的第一個朋友。也許吧，應該可以這麼說，每個人都有一段那麼一段小淫亂的情感圈。在你不懂什麼是愛情面前，我們總會以玩的心態對待女人，當然，女人也會有同樣的心態對待男人。儘管當時會纏綿細語地告訴她，「你就是我的最愛。」可恰恰並不是那麼回事，也只是逢場做戲罷了。換句無恥的話說，她是我女朋友的女朋友的朋友，也就是說和2個不同的女人以上床為代價認識到了她─藍若萱。

這並不是值得我可炫耀的光彩。每個人都會為自己青年的衝動懊悔，我也毫不例外的階段性指責自己。儘管我現在才21歲，可那已經是4年前的事情了，我之所以要講藍若瑄這個人，是因為我怕你們會以為我在賣屁股，或者是老闆的小蜜。

我從來不相信因果的關係，因為我從來沒有看到過哪個罪大惡極的權貴會受到嚴厲的懲罰，受到的懲罰一切都是因為政治鬥爭的結果，所以，許多事情的懲罰都是有一定的人為因素。

2

我在整理公司新簽約的藝人資料時，竟然發現了有小海。他完全變了樣，在他原有的輪廓上有了相當大的變換，你懂的，就是那種一見到就知道是滿臉假體手術，什麼都是假的。

全公司聚餐。小海就坐在了我的旁邊。不，確切的說，是坐在了老闆的旁邊，他沒有搭理我，起初我以為是我看錯了，可是他一張口，我便知道是他。老闆依次介紹公司的員工的時候，特別是介紹我時，他只是矯揉造作的皮笑肉不笑，沒有任何見到老熟人的熱情。

也許是我的性格使然。我的確受不了熟悉的人物無視我，我在想他是出於什麼樣的角度考慮我，怕我揭他底牌麼？如果他選擇這種方式逃避之前的問題，我並認為這是個明智的選擇。

藝人是不經常來公司的。但我的確想知道我和他之間的那件事情，我打給他電話時，我一開口喊出他的名字，他貌似就知道了我是誰。直接就把電話切了，我在打，再打，我打到第7個的時候，他關機了。我隨口罵了句：「傻×。」然後發短信告訴他：如果他不和我見面，我就要把他做的那些事情全部抖落出去。

良久，他答應我在一家咖啡店見。

Z年之後的相見，必須要說點客套的開場白吧！我就說他比以前更白了，貌似也比以前更壯了，他表示感謝，說還要再堅持塑造出完美的身形，我真心看不慣他那種自滿的狀態。我當即回應他說，「你真會觀察市場，市場需要什麼類號的，你就會自動轉變型號。」他聽出了我話的深層意思。

「林瑨琪，你是看著我簽公司了，你嫉妒了？」

「沒錯，我是嫉妒了，我真心不明白為什麼你可以簽公司，真心不明白。」

「那，你要壞我的事？」

「是的，我要壞你的事？」這是我的挑逗。

「林瑨琪，上學的時候你搶我的錢罐子，到了社會你還要跟我搶？」

「小海，我跟你搶？那個人根本就不是你媽，如果不是你和那個老女人珠聯璧合，我他媽的第一次能被老女人吃豆腐麼？」

「林瑨琪，你少他媽的吃了甜頭賣乖。」

「孫子才有那個心眼？小海，我心眼還真沒你多，我他媽上學的時候還是單單純純的無知少年，你他媽的就知道摟錢罐子，你丫，是不是打胎教裡就學這個了。」

我看著他慌張的神情，不免有些覺得搞笑。我並沒有想過要在他前進的道路設置障礙。每個人在北京飄流都不容易。儘管用著各種腹黑的手段也只不過為了實現自己的目標。成功的背後都會有沉痛代價的付出，付出和結果往往是正比形式的。自己沒有視死如歸的精神，這嫉恨不得別人。

良久，小海讓我冷靜，開口解釋了說：那個女人不是他媽，他當時是被包養的，他在對我說包養兩個字的時候格外的小聲，如果你不看他的口型，你根本不知道他是在講包養的這兩個鬧人心的字眼。

「你應該記得我當時讓你走吧，當時不是你自己沒出息要做什麼賓利車，會有那麼多一連串的事情嗎？」

或許正如小海所說，如果當時不是那麼沒出息做什麼賓利車。就不會有那麼多一連串的事情了。我還要怨天怨地嗎？只能怪自己當時沒出息，我連口的罵著shit。然後，小海又講了2個月後的時間，老女人給了他一筆錢就讓自己滾蛋了。奇怪的是，這個老女人3個月前突然聯繫自己，讓他去服侍就寢，我也說出了3個月前和老女人給我見面攤牌的問題，結果我們在這件事情得出的唯一結論是這個老太太應該是個日本人。最後，我質問他不搭理我的原因是什麼？他給我的結果是和我斷絕交往，老女人也會對我無從下手。雖然這些話不是太出於關心我。不過現在看來，誤會消除，似乎我們還可以做朋友。

3

宋帥自從離開了富2代的圈子。在家裡開始了史無前例的沉寂，也就是在我們都離開了所謂上層建築以後，我便商量要和宋帥一起合租，一是我們都可以節省費用，二是兩個人不會那麼無聊。其實，節省才是關鍵。

宋帥最近一直在撥打小偉的電話，可從未得到過回應。我們總是失去後才知道逝去之前的美好。宋帥每天晚上都會對我嘮叨一大堆他和小偉之前的幸福。甚至電視的某一句臺詞，音樂裡的某一句歌詞，都是他現在的心情，都是說他與小偉的事情，我讓他豁達些，既然失去了，就尋覓下一個吧。

他還是堅持要把所有的辦法都用盡了才甘休。

宋帥開始越來越磨憎了。他開始上廁所不沖便池，還把我的ck香水往廁所裡噴，內褲泡在水盆裡就不管不問了，好像對一切事物失去了知覺，愛情可以填滿一切情感，也可以掏空所有感覺。我把小偉偷情的事情告訴他，讓他徹底死心，宋帥回應說不可能。

我原汁原味的告訴了那天發生的一切，他還是堅持要看到本人後問個明白。

生活就是我們越懼怕什麼便會來什麼。我和阿飛決定陪宋帥一起去酒吧玩樂一下，讓他看看男人，不是全世界只有他小偉一個。宋帥也無心插柳，只管喝酒，我們讓他別一個人喝悶酒，讓去他去舞池快樂一下。良久，宋帥回來，亢奮不已。，似乎忘記了一切，總

之很高興。我們一起跳舞，旁邊出現了一個身材超贊的背影。宋帥走過去，一把摟住了那個男人的腰，叫別人寶貝，我和阿飛頓時覺得要出現大問題了。趕緊去解釋，要把拉過來，可那個男人扭頭時，我們卻發現是小海。

四個老同學坐在卡座裡閒扯。小海過來和我耳語，問我有沒有說出去我們之間的事情，我說這是2個人的秘密，我會守口如瓶的。阿飛讓我們倆別在耳語。有什麼悄悄話，拿出來大夥一起分享。

「沒什麼，說我們在一個公司的。」然後告訴我們，他下去要接他超讚的新歡。等到他領那個人時，我們瞬間都石化了，竟然是——小偉。

4

阿飛假裝被啤酒嗆到了，說要去洗手間，我說我也要去撒尿。在衛生間裡，我們分析如何招架這種局面，為了能讓宋帥留住顏面。我們決定一切都表現出自然的狀態，我們倆回去時，他們已經幹上了酒，小海很不知趣的講著小偉是多麼多麼的魅力無限，阿飛轉過了話題，說是讓小海買單，因為今天就他自己領了朋友，我們全是單身。小海表示沒問題。

「小偉，是吧？我們倆玩色子吧！」

這是宋帥的提議，小偉表示接受，我和阿飛對視了一下。

這是挑戰的開始麼？為了不讓小海的注意力放在小偉身上，我們三個也玩起了色子。良久，小偉已經喝上了Z杯，宋帥說小海的朋友不行。就提議小海過來玩，他們倆玩的時候，我們跟小偉講，讓他們先走，小偉不肯。

小偉告訴我們，即使要走也是我們先走，他是知道宋帥的脾氣的。固執的驢，我們倆說盡了言語都於事無補。好像在場的人玩色鐘已經沒有人可以勝過宋帥了。宋帥提出了更刺激的遊戲，輸的人必須說回答贏的人一個問題，雙方同意。

「你們倆交往多長時間了？」

「半個月。」

「有過幾次那個？」

「天天。」

小海說天天的時候，狠狠的瞪了一眼小偉，眼神的大致意思是——你他媽的都不怕累死。

「哈哈，這你管不著。」

「你們最近一次是什麼時候？」

「今天早上。」

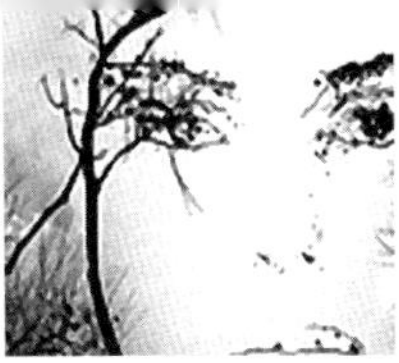

「你和小偉認識？」

「不認識。」

「……」

我和阿飛，膽戰心驚，打架的場面會在瞬間爆發。我們從來沒有看到這種激烈而又刺激的現實場景，一切都像小說裡的故事，這種戲劇的衝突，也讓我們越看越帶勁。他們倆所有的問題都是針對小偉一個人，3箱啤酒被喝個精光，小偉說不要了，但小海不肯走。

遊戲結束了，我們出來時，看到小偉一個人站在一個角落裡。我們示意讓宋帥過去，可宋帥說和自己沒有關係，在車上，搖開車窗對小偉說：」拜拜，晚上幸福。」

明明很愛，卻要表現出萬般的滿不在乎。你知不知道這屹立不倒的堅強，早已被對方掏空的只剩下這假模假樣的軀殼。有血有肉的知覺，而呼喚不醒沉底在心海的真言——我愛你。

宋帥哭了，他說：「我不在乎他，一個玩物而已，我真的根本不在乎，只是沒想到他會變成這個樣子，他算什麼東西，我他媽的一點都不難受，去死吧。去愛吧，去他媽的見鬼吧。」

你有沒有為愛情流過眼淚。男人，如果真的為愛流過眼，那麼你真的很幸福。她沾滿了你的內心，滿的沒有一絲的縫隙，一絲的裂口。精神填滿的愛情，即使再堅韌的心，也會因為情傷的淚花融化那顆心臟外的無形盔甲。

小海說他不會放棄小偉。而我的疑問的是為什麼他會突然變成了那爾索基，小海回答是：在這個社會裡，有太多的因素改變你的認知，我們永遠都沒有未來，因為我們根本也看不到未來。一切的生活都只是在投石問路。所以，每個人的變化都是理所當然。

我不知道如何追問問題。每個人總有自己的苦難，不是所有的苦難都是可以得到幫助，所有的苦難，只能靠我們自己去解決或承受。

5

公司的工作，還是日復一日的沒有任何進展。覺得自己像是一個廢人，永遠都摸索不到工作的要領。每天都在忙碌，我從來不知道我忙碌的結果是什麼？我不知道，怎麼辦？那就請假唄。

請假的日子裡，我和宋帥一起鬱悶。我們倆每天坐在沙發上抱在靠墊看著各種DVD。我們在超市買了滿滿一車的吃的，自此，我倆也就沒有下過樓，也沒有洗過澡，有一天我們發現自己的內褲都餿了，我們才意識到自己該洗衣服和洗澡了。整整一個星期，我倆從未接過任何電話。除了阿飛以外所有的人來敲門，我們看都不去看一眼。

我和宋帥談到我的工作問題，我想知道我現在到底還要不要繼續在公司待著。，他建議如果你在公司裡既學不到東西又不掙錢，猶如機器的話，那就沒有任何在公司裡的必

要。當我問他為什麼不工作時，他說他現在不工作是因為還知道怎樣去努力，去跑組，面試。即使是流浪的生活還會有一些方向，如果進了公司，他會更加迷茫。

啊！大藝術家的夢，真的讓正常人無法理解。

「瑨琪，你也別失去了夢想。」

我陷入了進退兩難的地步。一邊是遙不可及的夢想，一邊是沒有未來的工作，孰輕孰重？現在的我要真正的做些什麼？或許我應該問問小海，畢竟他成功。我撥通電話，接電話是竟然是我的老闆。我哩個去！高翠蘭還是和豬八戒在一起。我只能告訴老闆按錯號碼。掛電話時，老闆告訴我：這事還是不聲張的好，我說明白。

呃！那個……是不是……或許我此刻可以等待小海的電話，讓他跟我做筆交易，或者是他應該放手。

「宋帥，你還愛小偉麼？」

「我對他已經沒感覺了。」

「我們之間還需要嘴硬麼？」

「愛又能怎樣呢？事情已然這樣了？」

「我是說如果，你會怎樣處理？」

「如果他還愛，可以繼續。」

「希望你們好吧。」

良久，小海回過電話，我們約定了老地方碰面。

6

翌日，還是那間咖啡廳。

「放棄小偉。這並不是要和他作對，而是對小偉不公平，小偉也會成為他星途中的絆腳石。」

「沒商量，這件事你不要管，我們自己解決。」

「怎麼可能不管，我們在一個公司，況且我和老闆又是不錯的朋友，再者，我和宋帥同住，也是我最好的朋友，如果事情敗露，我真成了裡外不是人了，你這是害我。」

「你要同情的人是我，有段真感情不容易。如果沒有小偉，我整天面對老闆會瘋掉，至少我能從小偉這得到一些慰籍。」

他說的慰籍也許是慰安，誰知道呢！我還是提醒小海，小偉未必愛的就是他，或許完全出於對宋帥的報復。

「你只是一個替代品。」

「不可能。」

最後我們決定讓小偉自己選擇。

只有我們三個人的場合，我倆等待小偉做出最後的決定，他竟然還是選擇了小海。我打賭小偉肯定還在賭氣，如果我不在場小偉肯定會說出他最心底的選擇，但我還是追加了一句問小偉：「確定麼?宋帥可是每天茶飯不思的等你，你可要確定?」

「確定。」

好吧，我無話可說。看來宋帥的心暫時要全部放在事業上。至於我，決定再繼續在公司待上一段時間看形式。如果繼續勞無所獲，那我就辭職。可是，在我去公司不到一個星期的時間，公司就已經傳出了沸沸揚揚老闆和小海的斷背情。

老闆當即把我叫到辦公室質問我關於的傳言的問題。我不知道要講什麼，我否認，老闆說就是我回來才弄得全公司以訛傳訛。現在問我怎麼收場，還要我有一個中肯的態度。我真的沒有大嘴巴。老闆也沒怎麼聽我解釋。

「這件事必須有人要承擔後果。希望你來做替罪羊，明天我會在會議上扣掉你這個月的工資。」

呃！一切都是戰場，沒有終止的戰場。

九　不可思議事件

1

這件事，我知道是小海的陰謀。第一次感受到了職場就是深宮鬥法，向來都是道高一尺，魔高一丈。我給老闆一個更好的建議：從明天開始我就不來公司，他可以向員工說明把我炒了。老闆讓我別有什麼反抗情緒。我並沒有什麼反抗情緒，我也應該做點自己的事。事實上，我還並不知道自己要些什麼。

宋帥慢慢地從那段涕淚交垂的感情中恢復正常。開始每天跑組，面試。儘管一直的處於碰壁狀態，但一個月總會有那麼一兩個活，這足以讓他慰籍。因為他明白這個圈子的競爭，尤其一個散藝人。他還建議我，休課的閒暇時間可以和他一起跑組。

這是個不錯的建議，我便開始了繼續的投石問路。生活沒有任何的波折，每天都是固定的模式。即是上課，空了跑組，和阿飛，宋帥一起喝閑酒。一切都都很安逸。

我也算的上是一個安逸的學生，班裡的任何狀況我幾乎一點都不知道。我和一個叫李銘的男生同桌，他就住在我們家隔壁的社區，他有輛車，所以，每次上課，都會捎帶著我。我們每次回家的時候，總有一個女孩望著我們倆，貌似有話給我們說，但又好像不好

意思，我走過去，問那位女生：「有什麼需要幫忙的？」她一句話都不說，便搖頭就跑掉了。

我們打聽到這個女孩叫楊妮，我們一直覺得她會不會是也是想搭順風車。可是我們詢問她的時候，她家的路線和我們要走的路線是南轅北轍的。我們每次都會問問有什麼事情，她總是告訴我們沒事，可她每次都會看著我們一起上車。這讓我們倆都很不舒服，我們猜想應該是喜歡我們其中的某一位吧。可是她到底喜歡誰呢？為了我倆不再糾結，便有了一個無聊的行動。

我和李銘決定放學各走各的，然後看她到底會給對我們倆之間的哪一位要表達什麼？結果楊妮很羞澀的過來跟我搭訕，她裝作很隨意的問我為什麼沒有和我李銘在一起回家。我說他今天要去另一個方向，然後，她只是點了點頭。良久，不說一句話。我瞅了她一眼，她在思考，嘴裡還一直默念著什麼，雖然我不清楚，但我肯定她是在為某些問題打腹稿。她一直跟著我走，我沒有告訴她回家走了反方向，因為我知道她的心思，——假裝這樣，那我也假裝到底好了。

她最終會問我一些關鍵性的話題。

我很奇怪，等我上了地鐵她還是跟著我，始終沒有說一句話。她要跟我一起下地鐵，我突然很邪惡的想到她難道要去我家嗎？呃！天啊。我家裡很髒，很亂的，還有我吐了口

水的速食麵的紙盒，客廳裡應該會有一些男人的，女人的DVD和雜誌吧，每次都忘記收，該死。我心裡一直咒　著自己。我趕緊和宋帥發了一。條短信告訴他有女生到家做客，打掃戰場。直到下地鐵楊妮都沒有再多說一句話，我感到很茫然。

「前面就是我家？妳要上去坐會兒麼？」

「恩，待會兒吧，回去也無聊。」

女人，喜歡在行為上默認悶騷型主動，而男人也必須配合女人在言語上主動。

宋帥開門的時候，楊妮先是楞了一下，她坐下來環視了四周，像是在找什麼東西，宋帥把茶端過來很明白內容的回房間了。她喝了一口飲料，問了一個很奇怪的問題：「你們3個怎麼睡？」

「3個？睡？」

「對啊？」

「什麼3個？」

「你啊，李銘和開門的朋友？」

「李銘？」

有點羞澀的點頭。

我告訴她李銘不在這兒住。她好像有些失望。我又告訴她，李銘在隔壁的社區，她好像又有點興奮了。這種現象明顯跟我的判斷結果一致，然後，便開始跟我打聽他的具體住處，有無女朋友，家裡狀況如何？是否有車房？是否有債務？房子是否貸款買的？車是否是貸款買的？是否有兄弟姐妹。

「妳要結婚嗎？」

「對啊，我今年都23年了，等我再老2年，都沒有好市場了？」

「好市場？」

「對啊，女人就應該趁年輕把自己嫁了，看看那些大齡青年甚至中年，他們結婚只是成了一種形式，根本沒有了年輕人的感覺，」說著，又深深的吸了一口飲料繼續說道「人的年紀越來越老就越看淡一切，也就沒了年輕人的激情，唯一可以讓他們獲得幸福是一把把的鈔票換來的所謂真愛。」我突然想像到我們老闆在幾乎禿頂的頭髮上用髮蠟粘成一縷秀髮，滿嘴金牙，只穿一件大紅色的內褲坐在床上，被子還寫了一個大大的喜字，手裡拿著一大捆鈔票，沖著小海說：「come，baby。」

我渾身打了一個哆嗦，告訴楊妮，她說的那些狀況，我一無所知，但是我可以明確告訴她，李銘有女朋友。

「有女朋友？」

她又輕輕的拿起飲料若有所思的喝起來，突然轉過頭問我：「他是不是超級色？」

她問的所有問題一直都是那麼的直截了當。我不知說什麼好，但能看的出她的心思，他要和李銘的女朋友搶男人了。我告訴楊妮，這種行為不道德，最好別這樣。

「不道德？我覺得還好吧，女人的幸福就是自己爭取的。」

「這話是沒錯，但女人的幸福不是靠建立在別的女人的痛苦之上。」

「這你就不懂了，這就是競爭，不被我搶，到時候被男的搶了都沒準。」

婚姻競爭了。這種意義的競爭也無法定義道德。因為楊妮的話，我不知道怎麼辯解，儘管我說她是錯的，但我沒有堅定的理由告訴她就是錯的？

也許，這才是真正的當世道德。

「你未必競爭的過人家，別到時候砸了自己的腳。」

她說知道自己的長的不是特別漂亮，但也算幾分姿色。關鍵是如何佔據主導地位，壓倒對方，說著，她便從包裡掏出來了一本書——《金牌小三》。我翻看了一下，竟然還有一些她劃的重點和筆記。此刻，我越看楊妮越覺得她和畫冊裡的楊貴妃有好幾分相似。她讓我轉述李銘，要做他的小三，他都不在乎那些，憑自己的實力讓他瘋狂地愛上自己。

2

從那以後，我每次上課看到楊妮都覺得很彆扭。當然了，我也把前前後後的經過講給李銘聽，李銘告訴我，她太高估自己了，他連耍楊妮的心都沒有，我也如實轉告了楊妮，

但楊妮說讓我加把力，成功了任由我在愛馬仕店隨便挑一件東西。

在這之前，我唯一後悔的一件事，就是讓她知道了李銘的家的具體位址。從此李銘的惡夢便開始了，起初還好，她發各種短信騷擾李銘，每次都會憧憬他們在一起的日子，甚至生小孩，小孩的小孩生孩子。原本李銘把這種無聊的人，根本沒放在心上，但這件事也終於被李銘的女友川洋子知道了。同時也加入這場聲勢浩大的奪夫大戰。兩個女人在電話裡就是慘不忍睹的亂罵，你能想像到的淫穢詞語盡在其中。這也許就是楊妮的第一步的目的，接著，大半夜開始發一些調情的話，說什麼黑絲，丁字褲，制服，想要，這應該是女人的終極爆發點，已然不故三七二十一，罵爹，罵娘，罵祖宗，女人的，不管是吵架還是打架都是激烈而又慘烈的。

由於川洋子在學校裡鬧事，而楊妮卻說是和李銘上床了，結果李銘已無顏面對班上的同學，便退學也和川洋子分手了。那麼，這是楊妮的第二步計畫，她已經沒什麼可做的了吧！，現在的李銘恨不得掐死楊妮，這樣的結果能換來什麼，我一直都很疑慮，直到2個月以後，我才知道第三步，李銘告訴我，楊妮畫著的濃妝敲門，他透過門鏡嚇了一跳，鬼敲門，嚇死人，這倒是其次，問題是你能看出她滿滿自戀的樣子。

沒有開門，竟然在門口待了一宿。

「你說他是真的喜歡我嗎？」

「如果你沒房沒車呢?」

「誰知道?」

李銘打開手機，給我看簡訊，簡訊上寫：

我是真心喜歡你，希望和你在一起，你要不答應我，我就去陪老男人。

「你要拯救這個女孩嗎?」

「拯救?外邊有一千萬個老人都排著隊找她呢。」

當天夜裡，被李銘的電話吵醒讓我趕緊過去，電梯走廊窗戶邊，楊妮就站在那裡，逼著李銘娶自己，不然她就跳下去，李銘怎樣講都沒有，楊妮都急了：「甭他媽的廢話，你娶不娶?」

「姐姐，我求妳了，妳別老逼我可以嗎?」

「我是真的喜歡你，即使你沒車沒房，我都喜歡你，我喜歡你。」

「恩，我也喜歡妳，妳下來吧?」

「那你娶我?」

李銘死活都不肯，我告訴李銘說員警就快來了。先答應她，把她穩定。要不然出了問題我們是要擔負責任的。

李銘嘴裡一直罵著我混蛋，埋怨我不是我嘴快告訴楊妮他們家地址也不會上演這場鬧

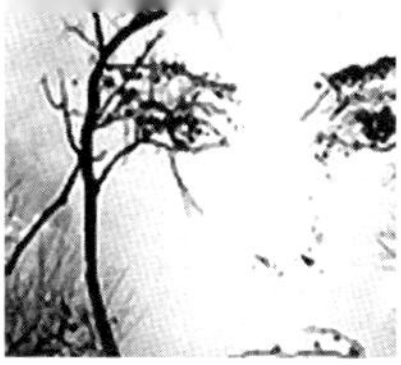

劇。

「楊妮，妳下來吧，我娶妳。」

「你是真心的嗎？」

「真心的。」

「那你發誓？」

「我都說了娶妳，妳趕緊下來吧，明天就去領證去。」

「你發誓我就信。」

李銘看了看我，我點了點頭。由於李銘的反應慢，楊妮說他不是真心的，要他起毒誓，李銘終於忍不住回應了：「你他媽的愛跳不跳。想死，趕快，閻王爺收你都急瘋了。」說著就去按電梯，員警巧上來，楊妮本來要從窗戶那下來了，可又上去了。員警看到一幕，就做思想工作，讓李銘發了毒誓，他們穩定後來到警局。員警一直以為是李銘是個不責任的富2代，就開始了說服教育，要對得起女孩，不要傷女孩的心，李銘一直強調著和那個女鬼沒關係，可員警就是不相信。我作證，楊妮說我們是最好的朋友，員警警告我不要做「偽證」，直到第2天，員警查出來雙方的手機記錄，並沒有發現李銘的回應，只。有一個主叫電話，又把川洋子叫到警局核實，才算真相大白，同時警方也給予楊妮警告。

3

由於真相大白，李銘和川洋子的誤會也重歸於好。這次慶祝派對，小海也來了，同樣來的還有小偉。好吧，依舊，沒有絲毫的尷尬。小海依舊自然的跟我招呼，喝酒，我試圖不去搭理，但小海依然笑臉相迎。我們喝了起來，然後又聊起問我怎麼突然不去公司了？

「恩，沒什麼，就是對面的那個胖胖的女人，叫什麼露露的，天天摔著二五八萬臉，一嘴的口氣味，還有狐臭味，我讓你家男人跟我調位置，你家男人不肯。」

「老闆應該沒有那麼怪吧？」

「老闆？你應該叫老公吧？」

小海很老娘氣質的憋了我一眼，我嘲笑成功和他碰了杯酒，看了看小偉，向小海耳語道：「我終於知道你是雌雄雙體了。」

小海並沒有絲毫的動怒。一把把小偉摟了過去對他耳語，我並不知道他們耳語什麼，但小偉的眼神一直時不時的看著我。我很納悶，也摟了過去，對著他的耳朵大聲說：「你他媽的說我什麼呢？」小海讓我等一會兒，等我喝到第三杯酒的時候，小海告訴說今天有女生要和我玩偷情遊戲，如果猜對的話，他喝半紮純的威士卡。我仔細觀察著那幾個女生的胸部，這並不是我超級色的原因，根據某位元情感專家所說很多柚子型胸部的女孩其實對性都沒有強烈，只是看上去強悍罷了，唯一這麼肉慾的女孩在場應該只有李銘的女友川

洋子，櫻桃型胸部女孩是最愛玩，也是對性最感興趣的，並且雖然自從上次的誤會解除了，也許她仍然有些懷疑他和楊妮玩過偷情遊戲，他選我很有可能也是出於報復。

這只是我的臆想，因為碰到過2次這樣的事件，並且真心的都是櫻桃胸女孩。我偷偷地告訴小海，小海對我佩服的五體投地，問我願意不願意的問題，我讓他先把酒喝光了，然後讓他多休息休息，我走過去和川洋子碰了杯酒，然後在大廳裡，我們一直聊著李銘的問題，無論怎樣解釋她都不願意去相信沒有和楊妮發生過關係。我最後問她為什麼會選擇我？川洋子告訴我是因為李銘的好朋友，這件事上我一直袒護李銘，她希望和我過之後就遠離李銘，因為我繼續和李銘做朋友，還會有第2個，第3個楊妮出現，她又告訴我李銘一直都是忠貞的，直到你的出現，才會便得不忠。

「你的問題很搞笑？還要變現出大義凜然的假仗義？」

「從來都是喜歡把周圍旁邊的朋友帶到淫恥的國度。」

「我？」

「是的，小海告訴你的那些淫亂史。」

「我只能告訴你，李銘沒背叛你，而你如何選擇是你自己問題，我也沒時間聽你的大義凜然。」

我走進去李銘正在和小海說話，看到我就徑直把我拉出去，很拽的質問我幹嘛去了？

我讓他冷靜不要被挑撥關係，李銘不信，給了我一拳，我還了一拳讓他媽的理智點，不要被人挑撥，最後不歡而散。臨走時，我質問小偉，「知道不知道小海背後有個老男人。」

回到家裡，我對著鏡子摸著右顴骨的傷痕，在想小海為什麼要這麼處心積慮的整我，如果起初的不還手就是被認為好欺負的話，那麼我也應該撂點狠了，人啊，總喜歡拿別人的大度作為欺負別人的資本，那件事，如果我告訴李銘發生什麼，李銘最後也未必會信我。總之，我今天算是真正的領教到了什麼是東宮皇后了。

宋帥也剛到家，他為了去看武林風的中日友誼賽直接去了鄭州，結果回來就罵著浪費錢，本想著在南京大屠殺的事件下，去看看這場比賽，讓自己心情愉悅一下，可結果氣上加氣，他一直說著現在所有的單位幾乎全是一個體制即吹毛求疵，全他媽的中看不中用，他媽的少林寺有武僧，還他媽的請保安，那要武僧是幹嘛吃的啊，天天他媽的博大精深，精他媽大爺啊。

「你能不能不他媽的他媽的的罵啊，我他媽的今天打架了一笑右顴骨還疼呢？」

「你打架了?我也打架了。」

「你為什麼打架？」

「我讓他們退票。」

好吧，我十分理解宋帥的感受，如果是我，也許我也同樣會退票，中華的國粹竟這般

不堪一擊，我們從來沒有過自省，所有的問題幾乎都是在形式講講，沒有做什麼任何的實質進展。唉！不想這些讓人窩心的事了，可眼下不全是窩心的事嗎？我告訴了宋帥今天發生的事情，並且告訴他，明天有機會我就告訴老闆，小海的那些所作所為，可宋帥說那樣不好玩，太直接了。自己要進公司攪局。他最近看了那場比賽沒什麼心情跑組，就拿這件事放鬆放鬆自己吧。

我並不清楚他要什麼攻擊計畫。他也沒告訴我具體只是讓我靜候佳音。好吧，希望宋帥能成功，也希望他能把小偉奪回來，可是他和小偉還能重出舊好嗎？如果宋帥成功了，小海也許就什麼都沒有，我真心不明白他是在怎樣的一個畸形的社會環境裡成長所致還是他的心機是與生俱來的。

4

一周以後，宋帥告訴我他進入了小海的公司，然後問他怎樣打算？在公司開始鬧騰？他讓我不要管閒事，安心上課，既然是在公司，就要有公司的職場戰鬥法則，我讓他現在用心看一遍宮心計和金枝欲孽、甄嬛傳。宋帥根本不理會我的嘲笑，很嚴肅的問我老闆的愛好以及性格。我很費解他會問我全天下都知道答案的問題，即是吃和色，奢侈。宋帥說他要的不是這些，而是一些的別的高雅的除了那些庸俗以外的，我嚼盡腦汁都想不到老闆還有什麼別的興趣關，賺錢商演或者活動應該可以跟他交流，要不就是聊八卦？宋帥聽著我這亂說一通，讓我繼續自言自語，他先睡了。

我真心的不是應酬多的原因，我的應酬只是那麼一小部分人，可小海像我的影子一樣，形影不離麼？呃！用詞不當，當我口臭好了，他幾乎能遊刃到我每一個局。我看到他坐在了我安特總監的旁邊，兩人還牽著手，咦！吃驚。安特是女人，好吧，好吧，我徹底理解了。也許人是應該這麼混的八面玲瓏，懂得審時度勢。那麼，接下來，他看到我來，是不是應該挑撥我和安特之間的關係了。算了，我還是下次見安特的時候講好了。恐怕這次完了，我和安特都不會聯繫了吧！

這個世界上，始終有那麼一群人，整天以混淆是非為生，並把以此當做自己的事業，安特讓我過去喝酒，我坐過去和他簡單的聊了幾句，就開始自己喝悶酒，我突然想到一首歌，特別適合小海，就在《小三》這首歌剛開始前奏的時候，他要去廁所，我一把抓住他的手，摟著他的脖子並把話筒給他，他不唱，起身要走，我按住了他。每次唱到「你終於做了別人的小三」這句都會看著小海。這是我從離開公司到現在唯一感受的真正的開心快樂。

十 邂逅的第一件事

1

再次見到阿飛時，他已神情恍惚，消瘦如骨。徑直走到我的臥室去睡覺了。這讓我和宋帥大驚意外，以阿飛的性格，肯定會迭迭不休的告訴我們他在維也納，義大利，荷蘭等等那些的國家怎樣的奢華享受。肯定會先和我們大論一番。我們也都想好了找各種理由不理他。出現這種狀況時，我和宋帥感到很無聊，便要把他的行李洗劫一下。但他竟然沒有帶我們指定的禮物，全是一些贈品。這讓我們大為惱火的，便決定小小的戲弄他一下。

我們把冰箱裡的半桶冰塊全部塞進了阿飛的褲襠裡，為了防止阿飛跳起來，我壓著阿飛的胸口，宋帥壓著阿飛的雙腳，我們很變態的享受著阿飛的各種慘叫，阿飛一直罵著我們變態，受不了。他那堅持的不住的叫聲總感覺有些肉慾的成分。這樣還能自HIGH？反正我們就是一直不起來，大概有2分鐘時間吧。阿飛都哭了。我們才放手，阿飛起來，第一件事就是去浴室預熱，他回來時滿嘴髒字的罵著我們不要臉，沒人性，變態，他左手一直捂著那個地方取暖，本來我們還要說他小氣，可他的這個動作讓我們沒有絲毫的反擊能力，實在是樂不可支啊！

我們還是老規矩，叫餐，三個人海吃扯淡，三個人的酒量，阿飛是最不能喝的。平常他喝到第三瓶啤酒的時候都會去上廁所，可今天已經到第五瓶了，都沒有尿意。我們覺得也許這是他在歐洲這2個月裡唯一的收穫，喝道7瓶啤酒時，我和宋帥都陸續去了2、3趟廁所，可阿飛沒有去過一次廁所。我倆便擔心，剛才是不是冰的他那個地方出現了不良反應。

「阿飛，你沒有尿意嗎？」

「有啊？」

「那你趕緊去撒尿啊？」

「你管我，等會兒。」

我和宋帥真的擔心會破壞他那個地方的元兇，便堅持要他去撒尿。要不然我們都開始坐立不安。我們關閉了電視，靜聽他撒尿的聲音，良久，我們卻聽到的是嘔吐的聲音，嘔吐，對於阿飛來說，從來不曾有過的現象。我問宋帥是不是上廁所拉屎沒沖乾淨，宋帥說我有病，雖然自己有拉屎沾馬桶的狀況，但每次都會沖洗乾淨。等阿飛出來，宋帥就趕緊問阿飛，是不是屎粘在馬桶上了。阿飛打了2個嗝，瞅了我一眼。說：「沒看見屎。」然後，再次跑到廁所。這次是撒尿了，等撒尿回來後，我們都安心了，便開始玩喝起洋酒，這並不是醺酒。

我從未發現過阿飛搶酒。真的，從未有過一次。他拍著胸脯說：「我跟你倆說啊，這事誰都不能說，我們老家是湖北的，我爺爺是尚可喜，你知道嗎？我是貴族，不能虐待貴族。」

「尚可喜，你他媽喝糊了？尚可喜他媽的是山西的，再說了人家都康熙時候的事了。」

「你知道什麼啊？」阿飛眼神游離的回擊宋帥，然後摟著我的脖子講，我爺爺當年領著千軍萬馬打越南，打到越南本土，奧巴馬都嚇傻了。

我們倆聽著他這沒溜的胡說八道。才知道阿飛有這麼好玩的一面，阿飛杯子裡的酒又要重新滿上，我們接過他手裡的杯子讓他去睡覺。可他堅持不肯，我們拗不過他，便準備強行拖到床上。瞬間，阿飛戟指怒目：「我他媽的喝酒怎麼著了，你們他媽的是我哥們嗎？」說著，阿飛把手上的腕帶撕破，襪子也脫了，指著腳腕和手腕的痕印，竭斯底裡道：「我他媽的受夠了，受夠了。」

自不待言，你懂得這樣的情況。

阿飛哭了。遍體鱗傷的身體以及他的這些連鎖反應，讓我和宋帥知道，他這2個月來，是多麼的壓抑。我們把杯子還給了他，這是他的釋放，他像是在撒旦火爐裡忍受著屍油的歷煉，無助的伸出雙手，多麼期待著耶和華聖靈光芒的救贖，然而自己卻在這欲死不能死的掙扎中，忍受千年。

10天以後，阿飛和那個富婆告吹了。他的忍受也已然達到了極限。富婆也並沒有給他什麼事後的補償，阿飛也沒有去大鬧矯情。他直接搬到我們家，整整一個月的時間沒有離開過屋子一步。他告訴我們，要好好的努力的日子，也開了跑組，面試，尋求各種機會。

2

CM的雜誌編輯張婷邀我拍一組片子，價錢是300塊。我說這也太少了點吧，張婷說這個圈子不給錢拍的人比比皆是。還有現在但凡有點姿色的男人女人哪個不想往這個方向發展。勸說我別太矯情了。這年頭，甭管多少，有錢賺就不錯了。其實，張婷說的很對。情況是這樣的，天人間的美女們不給錢都過來拍。她們會把這視為一種遠見投資。

張婷告訴我今天是和TIO組合的藝人一起拍片。TIO這個組合我知道，並且我和他們中間的小葉關係還算不錯。我頓時覺得豔福不淺，這也算讓我有點安慰吧。我和小葉閑了幾句，她就引薦穆可依和慕思。因為只有2個化妝師，所以小葉讓穆可依和慕思先去化妝，瞎在一旁跟我聊天。她問我最近怎麼樣，有女朋友了沒？我告訴了她最近近況還算安逸，瞎混唄，能怎麼辦？這行不好出來，競爭又那麼大，錢也幾乎賺不到，小葉也偷偷跟我說，他們也是，如果不是他們經紀人降低價錢這次也不會輪不到他們，然後有問我價錢？我沒好意思講，只是告訴她，張婷是我好朋友，我就是過來幫個忙，沒要錢。小葉說即使是朋

友至少也要給個車馬費什麼的吧！你就想我們多少錢買護膚品砸到自己臉上，來到這讓他們糟踐我們的臉，給他們盈利，還不收一絲回報，慈善機構啊？小葉的話，讓我覺得很難受，這的的確確是我和宋帥，阿飛，還有許許多多像我們一樣的這樣2瘤子所謂藝人面臨問題，可是又能怎麼辦？我們只能找到機會就多露臉，等待永遠都不知道時間的一個契機，可能會有好的一天吧。

我討厭冬天拍外景，每次冬天的外景，我的關節總會有那麼一兩天一點氣力都沒有。那如果三個女生一起黑絲誘惑的時候，你又能怎能抗拒呢？倒沒有流鼻血的地步。但這多少也算是一絲福利吧。我要聲明是：這並不是情色雜誌，它只是一種大膽的時尚。

我不得不承認，我喜歡穆可依的雙眊。有一個是我和她直視並牽手的鏡頭，當我如此近距離的看到她，我的心只是不停的加速，我在抖，渾身的抖，她能感覺到我的緊張，就在我沒有絲毫的準備下，攝影師讓她倚靠在我胸前，不知是緊張還是興奮到極點。這麼冷的天，也不能讓臉紅到發燙。這組片子結束以後，她又表現出異常的冷漠，竟沒有跟我說一句話，離開了。好吧，我亦司空見慣，越是這種小牌藝人也越能故作清高的耍大牌。

休息間裡，只有我和穆可依還有總編三個人。也許這種場合最明智的選擇就是應該出去，可是我的雙腳並沒有動換。即使總編還在不住的假裝咳嗽，我也絲毫沒有理會，總編無奈的搖搖頭，就在穆可依旁邊吐著圓圈狀的口煙，弄的滿屋子都煙霧繚繞的，我聞不得

煙味便出去了。我透過窗戶，看著穆可依和那個總編很是開心的交流，透過他們的嘴臉，雙方的笑臉的要麼是真誠的，要麼是各懷鬼胎的。我從來不抽煙，可外邊實在太冷了，我便去找張婷借了根煙。張婷也在外邊凍著，我問她為什麼不進去，張婷說，裡面的狀況不適合進去。應該所有的人都知道總編要泡穆可依，所以他們才不會那麼跟總編過不去。

「你在裡面待那麼久，哈哈，說不定以後總編要封殺你了，在我們這雜誌上！」

我只是笑了笑，封殺，多麼有威懾力的詞語，是不是我從此以後每個月都會少賺300塊呢！

也許我是有偷窺的癖好，很是無聊的透過窗簾的縫隙窺視著裡面的一切。當我看到總編把手放到穆可依腿上，穆可依表露出了極其厭惡的表情，又想掙脫貌似又不敢掙脫。我很本能的敲了敲門，坐到沙發的一個角。總編並沒有走，我便徑直的走過去，拿出手機，說要和穆可依發微博合影，穆可依也友好的接受。然後和她聊著行業裡張牙舞爪的爛人，絲毫不去理會總編，總編很知趣的走了。

我立刻起身遠離穆可依三米，穆可依很不解。

「你怎麼了？」

「沒什麼？妳可以繼續高貴了？」

「神經？」

「恩。」

「謝謝你。」

「恩。」

「晚上陪我喝酒吧。」

「恩，是妳請我?還是我請妳?」

「我請你。」

「恩，好吧。」

藍調的酒吧。她問了和小葉一樣的問題，我說把回答張婷的原話複製給她聽，同時囑咐她不要和任何人說起我只收３００塊的問題。她壞笑點頭說懂，然後她又問我和她一起喝酒不怕女友吃醋麼?我告訴他，沒人要我這個窮鬼，穆可依說，她看不上那些高度虛偽的有錢人，我已經喝了三杯雞尾酒，我告訴她一直很好奇一個問題，不願意為什麼不翻臉，你知道不知道不翻臉，總編會越張狂，穆可依深喝了一口酒，說:「靠，你以為我想這樣嗎?人家是大總編，我是什麼，我就是一個小藝人啊，小藝人啊。」說著又要了一杯雞尾酒，我說他不喜歡可以退出，穆可依說:「退出?違約的代價的是２００萬，你有嗎?我沒有，翻臉，公司很可能冷藏我，冷藏我了，我連生活都困難了懂不懂?你肯定會讓我改行業，但到目前為止我還沒發現除了唱歌以外我還有什麼別的擅長技能。」

我點了點頭。

酒吧裡的音樂突然放了蒼井空的第2夢。

「你也喜歡倉井空吧？」

「倉井空老師？」

「老師？哈哈，老師？」

「電視上不都是這麼說的麼？」

「哈哈，所以你膜拜？」

「不，我並不關注此人，我還是比較喜歡小澤瑪利亞。」

「哦，哦，喝酒。」

我突然想到那麼多人叫她倉井空老師，應該是源於她的性經驗吧。是不是任何女人去學習蒼井空那種嫵媚性感還是那種近乎自然的清純，這個世界上就不再有小三的這個惡性詞彙呢？呃！好吧，如果有機會，我也會看看倉井空的大片吧！穆可依看到我一個人喝酒還露著壞壞的笑。就問我笑什麼，我告訴他沒什麼，她非要我回答是在意淫倉井空還是小澤瑪利亞，我告訴他：「沒有，我是一個很正經的人。」穆可依把椅子挨著我，倚在我肩上說：「我喝多了，你還正經不正經啊？」

我是回答正經還是不正經好，女人很喜歡刁難男人，怎樣的回答都有文章可做。

「應該正經不正經吧」

「那你是把我當成小澤瑪利亞了麼?」

好吧。我又是臉紅，不斷的心跳。一副慫樣，支支吾吾的不知道說什麼，到她家裡，她一直摟著我，不讓我走，我一直在托詞說我明天有事要回家。穆可依說我裝清純，說我喜歡他。呃！這麼直白的說出我的感受。

「不是胸大就是美女」

她又問我為什麼我會心跳加速，我回答說每個男人如此近距離的看到黑絲低胸都會有所反應。她又問我為什麼進屋解圍，但她又沒讓我回答。她說我無論怎樣都會有各種辯解。我不知道她哪裡來的力氣把我壓倒在床上，相互對視著對方，穆可依的眼睛一直看著我的嘴巴，她一直處於要似親我非親我的感覺。赤裸裸的挑逗，如果我不矜持，會不會太衰了。

當D罩脫下，你能把持住麼?呃！我沒把持住，男人的野性讓我激吻她。下邊的事情，我想我可以用省略號代替。總之，這是一個性功能正常男人的反應。你們懂的！

我醒來時，穆可依還在熟睡狀態。為了不使她醒來和我尷尬對視，所以，我走了。女人大多數喝完酒應該都是處於斷片狀態吧！她們總會不記得一切，天曉得她們是真不記得還是假不記得。

大概晚上7、8點的樣子。小葉打電話翻臉罵我沒品。說我爽了不認人，我回打過去他們組合的電話，沒有任何一個接聽。我趕緊去穆可依家，有半個鐘頭的樣子，我能聽到她們的嬉笑聲，總之，她們不願開門，我頓時有一股被戲弄的感覺，我不能自制的狠狠的踹了大門一腳。

「你他媽的要死啊？」

「你們耍我很好玩嗎？」

「我們耍你？自己和別人做了爽就跑怎麼不說。」

「我只是怕和穆可依起來見面尷尬。」

「呵呵，別他媽的這種解釋，你他媽的是不是一夜情玩多了。」

穆可依為了不使我們倆在外邊的吵鬧丟人，就讓我進屋和小葉理論。小葉一直端著一副替天行道的氣勢要我解釋一切。我告訴她們，我真心的是怕穆可依醒來之後看到我的尷尬，畢竟是兩人喝多之後的事。再者說，我也不曾瞭解她的想法，你是明白的，沒錢，沒車，沒房，甚至現在連菜都要吃不起的人，我又什麼資格去祈求會和她有多麼好的將來呢？小葉開始心平氣和的勸我別去想太多，讓我不要那麼自卑，希望我和穆可依發展。

從那以後，我和穆可依算是正式確立了關係，很長的一段時間，我們一直沉浸在肉慾裡，我們一起出入各種場合，甚至我們一起洗澡，還有什麼比這還甜美的事情可以享受呢？

3

小葉有一個93年的男朋友小信。小葉見過小信的家長，並且他的家長很樂意讓他們倆交往，都想讓小信快點長大，到了法定年齡就去登記結婚。我們始終想出什麼原因可以致使男方的家長有這種念頭，唯一的解釋應該是小葉把小信照顧的像個兒子一樣，無微不至，倍加呵護。他倒是是很單純的孩子，每次喝多了總會尿在床頭上，也正是這個原因我們每次都會把小信灌多，每次小葉都罵我們混蛋。

小信幾乎每天都會從北三環的學校跑到東四環的家。漸漸地，他也就沒再上學了，每次我們搪塞他是因為要天天和小葉的在一起時，他會說大學就是一個虛度光陰的場所，只是國家的變相收費的現象。因為大學裡學習不到就業的對口專業，那麼一切都是0開始，覺得自己應該買一個真正的學歷，然後找了一個工作。現在他們面臨的問題是小葉的老媽要逼著小葉找一個大點的，成熟的有事業的男人，至少能照顧自己的而不是照顧別人的。他們畢竟有了2年感情，並且一直都很和諧。

眼下的著急的就是找一個大點的男朋友，所以小葉鎖定了我。我告訴小葉說我也是90後，小葉不信我，便拿給他身份證看。她看完之後，若無其事的告訴我沒事，改天讓我做一個假的身份證，反正我長的顯老，一般別人都會說我在84年到86到之間。然後就去和穆可依商量要租借男友，我使勁的向穆可依搖頭，可穆可依說小葉是她最好的朋友，就讓我從了吧。小葉看到我還有點扭捏的樣子發飆到：「老娘他媽的配不上你，看把你委屈的。你老婆都答應了，你還在那猶豫什麼？」好吧，我無話可說，只能答應了。但是，我真的很怕她媽，因為小葉的媽媽在他們當地是市長，我一直怕如果被識破的話，我會不會被他媽媽關進監獄。

三天后，我和小葉商量好了一切。一起開車去機場迎接他媽媽的到來，看到小葉媽媽的時候，我真心的說只有2個字——腐敗，滿身的奢侈品，她還帶了一個Glashutte Original的手錶，貌似60多萬吧。我突然在想我是不是要帶她去釣魚臺吃東西，唉，估計她也是那裡的常客吧。四五百元飯菜會不會覺得我是在打發要飯的。

「阿姨，你想吃什麼？」

「隨便啦，不要那麼油膩的東西，我們吃健康點的，別去那麼鬧的地方我喜歡靜。」

我們來到了一個環境優雅吃素齋的地方。她看到裡面這種淡雅，還有佛文化的環境，很開心。誇我很瞭解她。她說自己信守佛道，然後開始說著：「我本因地，以念佛心，入無生忍，今於此界，攝念佛人，歸於淨土。佛問圓通，我無選擇，都攝六根，淨念相繼，得三摩地，斯為第一。」我不懂他說的這些佛家話，很生硬的點了點頭。每一個官員都會故作高雅。

小葉的媽媽開始詢問我的家裡情況，我便虛擬了我是一個單親家庭的孩子。跟著老媽，老爸呢，在深圳開了家公司，然後阿姨便開始問我是什麼企業，規模大小，是否有外地投資業務。我告訴她是電子科技公司，規模中等，沒有外地投資，然後阿姨便沒有興趣和我聊天，隨便吃了些東西，就示意我們送她回酒店。

小葉的媽媽臨走時，讓我放棄小葉，原因是有更適合她的人，我反問她：「是不是在賣女兒。」她了抖了抖LV的披肩說：「她不缺錢。」我又反問：「如果哪天被紀檢委抓了呢，那又怎麼辦，所以要找一個更有實力的，我繼續反問她，你落馬了，那妳認為妳找的那個人還會對小葉好嗎？」

小葉的媽媽說我管的太多了，並且拿了10萬塊給我，讓我拿錢走人。

「阿姨你是在考驗我嗎？」

「這不是考驗，這是對你的補償。」

我告訴他我們很相愛。

「你在讓我往上抬價麼？15萬，20萬，25萬，30萬。」

「這錢染過血命都不知道，我可不敢要。」

30萬，我就這樣的拒絕了。我覺得自己是傻子，30萬可能會是一個普通農民10年的收入，說不定她還會給的更多，可能他叫到50萬的時候，我就賤嗖嗖的同意吧。當我引以為

豪的告訴別人我拒絕30萬的時候，別人會覺得我已病入膏肓。我不是說我多麼的高尚，我事後也在後悔，十分的懊悔，如果時間可以回轉到3小時前，我一定會做出接受。

翌日，小葉的媽媽在酒店自殺了。

有傳言說是和一個貪腐案有關。隨著小葉家庭的敗落，小信的父母也被逼著小信離開小葉，否則斷絕一切資金來源，破於這種壓力，小信不得不離開小葉，當小信離開小葉的事後，小葉卻表現出異常的堅強，只是很輕口隨意地說：「你走吧。」小信關上門的那一刻。她哭的撕心裂肺，咒　著萬能的金錢，咒　著沒有人情的社會，咒　著周圍的一切，自認為這種2年的情感是最真無任何污點的，卻發現這種情感早已剩下漆黑的流沙，而沒有一粒愛情的紅色。

十一 組合裡的內部鬥爭

1

人也許過慣了舒適的生活或者說懂了什麼是輕鬆賺錢的生活，就不想再過度的勞累的方式去賺錢生活。也許阿飛正是過慣了之前的生活，也討厭了這種勞累不堪甚至有時候都沒有結果的生活。他越來越抵制，變得也越來越暴躁。你知道嗎？他看電視的時候，我打掃衛生，由於擋住了他看電視的鏡頭，他很厭煩的「讓我他媽的能不能一會兒再打掃？」這也許是我們這麼多年來第一次的發火生氣。這種狀況，我不能原諒，便開始指責他最近一直遊手好閒。每天只是端在家裡看電視，內褲放在浴室裡發臭了都不知道洗，每天吃完了東西都在放到原地，不去理會。每次都要我和宋帥來清理。他說為什麼不去找阿姨，整天三個大男人，就知道整理家務，看不慣我們這種窩囊。我告訴他：「過不慣還可以繼續賣。別他媽的在家裡礙眼。」從這以後阿飛再也沒有回來過。事後，宋帥勸我和阿飛道歉，但我打他手機一直處於關機狀態。

穆可依在北京郊區拍攝要我晚點去接他吃飯，可是我太睏了。我已經有３２個小時沒有睡覺了。宋帥便鬼機靈的幫我把ipad裡面下載了很多AV，幫助我提神。也許我是沒得選了，也就聽從了他的建議。但車還沒有開到高速路口，就已經被員警攔下查酒後。我太累了，開窗時竟然忘記了關掉IPAD的。員警看了看我說：「小子夠可以的啊，開車還聽著這聲音。」我順嘴了就說了我已經32個小時沒睡覺，員警看到我惺忪的眼神和不住的打哈欠。就示意我靠邊停車，12小時內不准開車，讓回家睡覺去。沒辦法，只好打電話告訴穆可依，就員警扣車問題做了交代，然後我又麻煩安特來取她的車，她讓我等一會，晚會兒過來取車。

我覺得無聊，便去對面商場溜達。因為這裡面盡是奢侈品，所以裡面的服務員有著一種狗眼看人低的神態，就在Chanel店裡。我看到了慕思和一個中年人在一起，慕思的手裡已經大大小小拿滿了parada，gucci的商品。他們正在選一塊錶，應該是那塊30萬的吧，我聽不見他們在討論什麼，但看到慕思竟然把東西扔在地上，自己坐在地上撒潑，便開始嚷起來說自己就要Chanel的那一款手錶，她就要，必須買，好多人都圍過來看，那個中年人看到這麼多人看笑話，只好對服務員說結帳。我真心覺得她臉皮夠厚，就像是在片場一樣，絲毫不怕被熟人看到。如果被同行看到，豈不是要笑她一輩子。但慕思缺絲毫沒有在意。我立刻電話把這些情況告訴了穆可依。

安特過來提車，問我和小海有什麼誤會，我回答說沒有誤會，安特說我沒有講實話，要不然小海不會一直在她耳邊喋喋不休的說著我亂七八糟的事情，我告訴安特要信他可以

不和我做朋友。安特回答說，我的為人她很清楚，所以就沒有聽小海瞎說。只是好奇我們有什麼解不開的疙瘩，我不清楚要不要向安特講之前的那些爛事，包括我被怎樣的事情，我說以前的事還是不要提了？安特說是因為我以前被老女人養過，然後那個老女人看上了小海這件事記仇了？我聽到小海如此的顛倒是非，便把一切的一切原原本本的告訴了安特，並告訴安特，小海現在被老闆包的情況，還有跟哪些人搞曖昧的情況，安特說這些他都清楚，她也不在乎這些，又說小海只是一個玩物而已，每天這種小藝人盤算這些那些有的沒的。他們比誰都清楚。

「這也是我不相信小海的原因。況且，我只是給了他一些廉價的機會。」

安特又告訴我說要學會把敵人變成朋友。要明白在這個行業裡多一個仇人是多麼的可怕的事情。這是個名利場，只要有機會，落井下石的人多了去，你要明白當你落井的時候，對方沒有搬砸石頭砸你的頭就是你的萬幸了。這個圈子可以讓你一夜成名，也可以讓你遺臭萬年。要明白什麼人是得罪不得，什麼人是必須給點顏色。小人一定要供著捧著，一定要這樣。哪天把這些學會了，也許就成功了。我很感謝安特語重心長的講這些，我直接詢問了怎麼讓小海不那麼針鋒相對。安特很嚴肅的告訴我小海這種人要不你就往死整，要麼就置之不理。那麼小打小鬧的，不疼不癢的起不了任何作用。這個社會，這樣的人越來越多了，你要一次把他收拾怕了，他就真的怕了。安特沒有告訴我方法，說如果再告訴

我具體的方法，這有點太不厚道了，畢竟多多少少也算跟自己有點關係的人。安特看我點了點頭，拿過車鑰匙，讓我回頭請她吃飯。

穆可依從片場回來就發燒了。她嘴裡一直罵著導演的變態，折磨人。慕思來拿穆可依的簡歷說是要給導演帶去一份。穆可依給他時，責備她在公眾場合應該注重形象，大大小小也算個簽了公司的藝人，被熟人看到還以為我們多沒見過世面。慕思說這年頭沒臉才能得到實惠，我越能裝我得到的東西就越少，我幹嘛不得到實在的東西。穆可依說她也就那點出息，別人都他媽的買車買房了，還在乎這點明年都過季的東西，慕思反駁說是因為她們都有，所以才說她怎樣怎樣，都是站著說話不腰疼。慕思臨走時，穆可依說不會像上次那樣把我的簡歷丟在垃圾筒裡吧，慕思很自然的說不會的，上次是不小心拿掉了。

5分鐘後，穆可依讓我去看看樓道裡的垃圾桶有沒有她的簡歷。我實話告訴了穆可依，她只是歎了口氣，跟經紀人理論了一番，然後就讓我把簡歷發到一個郵箱裡，我很納悶的問穆可依，你們組合如此不和諧，穆可依很無奈的說，關了門，才知道和諧不和諧。這已經是第3次扔簡歷了，每次發飆的時候慕思都是同樣的藉口，習慣了，翻臉也沒用，在外邊畢竟還要裝作一副好姐妹的樣子。

哎，穆可依已經厭煩透頂了每天都是這麼虛偽的做人。很累。也許我們在外邊一起親密無間的時候，都會說著你他媽的賤人，通告做遊戲時肯定會說你他媽趕緊演砸吧。每次

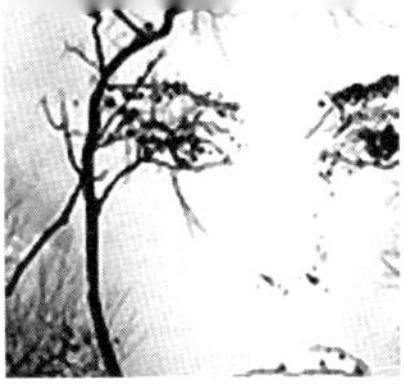

彩排好的舞步，慕思都會不按之前彩排好的舞步走，總會有突出奇想的時刻讓我和小葉不知所措，好在的一點，她和小葉商量好了。不管她怎樣破壞，他們都要始終保持一致，慕思才算服輸。

2

一次的聚會，慕思把溫妮領了過來。還特意讓溫妮做到了我的旁邊，我和溫妮只是對視了一下，沒有任何言語，慕思就開始和大家介紹溫妮說是她最好的朋友，大家開始一起吃飯聊天，慕思突然問我「和溫妮認識不認識。」溫妮說不認識，我說認識，慕思聽到這樣的回答對著穆可依做出很無奈的表情。穆可依狠狠的瞪了我一眼。慕思說要玩真心話大冒險嗎？大家都表示同意。好吧，我知道慕思肯定會尖酸刻薄的問我一些問題。那好吧，不如我先下手，我舉雙手贊成，我說可以不可以發問那天在商場撒潑的問題，穆可依說這對慕思太沒殺傷力。她不會在意，況且經紀人也不允許你這麼講。好吧，但我還是最先發問了扔別人簡歷在垃圾桶裡3次，哪次是成心的。慕思一下子愣住了，回過神來說真的對不起，這三次都真的是無意的，她可以發誓。鬼才相信她。慕思問了一句在場的人有沒有和我發生關係的？這無疑是要讓穆可依顏面盡失，好在的一點是溫妮並沒有站起來，我便開玩笑沖著慕斯說，「哈哈，2年前你還很年輕的時候，我們有過一夜情。」

我知道回到家裡，穆可依肯定是各種的盤問，我並沒有如實回答。我不能講溫妮怎樣，只是告訴穆可依是前女友，都是以前的事情。女人很計較男人的前段感情，各種逼問追打，無中生有，大鬧一番，然後就是床第之事。每次結束之後，女人總喜歡指揮男人要做些什麼幹些什麼，總覺得男人虧欠她什麼似的，我一直納悶我的性功能是有多差勁？每次激情過後總會衍生出來各種男人要做的家務或者別的什麼？如果這是一種評判標準，那麼我說整天做家務的男人難道根本就沒有性功能，如果是這樣，是不是所有的男人在床上都是失敗的。

溫妮電話約我出來見面，質問我為什麼要去說那些陳年芝麻爛事。我聽的一頭霧水，告訴她是場誤會，我並沒有去流言她的那些往事。溫妮說每個人看她的眼神都很異類，我告訴是因為她美麗，就像是當時她給我的第一感覺——很漂亮的女孩。但她終不願相信我，她總覺得我會出賣她的一切。也許這正是我們所有人的通病，每個人都會懼怕自己不堪回首的一幕被眾人所知，便演變成相互揭露疤痕甚至添油加醋的詆毀人格。

宋帥告訴我阿飛回家了。不過這次和上次一樣，要搬家了。他又找到了一個富婆，他很高興，覺得他又可以過上以前的上層生活，也不用再這麼拼死努力卻沒有丁點回報的日子。我趕到家時，阿飛已經走了，他送了我一個LV的錢包。還有一張便條，寫著我們是永遠的朋友，他不會計較上次的事情。好吧，我真希望他好，可憐的阿飛，始終掙脫不了這種厄運，看著遠去的瑪莎拉蒂，只有默念希望這是阿飛真正的歸宿吧？可誰又能知道不到

三個月的時間，阿飛又搬了回來。好在的一點這次他是拿了20萬回來。他興奮詢問著要做一個什麼樣的不累賺錢的生意，餐館？太累，超市？待著無聊，還能做什麼，開文化公司？資源不夠。怎麼辦？他不知道是聽了誰的建議，開始玩股票。起初阿飛賺了一些錢，便開始自詡說自己就是玩股票的命，沒有比這職業更適合自己的了。

他每次都是那麼得意，還要重複著自己從來沒學過。就瞎折騰，竟然不到一個月裡就賺了2萬多。他覺得自己要有更多錢，不出一年早就發了。阿飛還一直鼓舞我和宋帥把手裡的錢交給他，他幫我們炒，並且只收我們每筆錢的百分之5的主理費。宋帥心花怒放的投了3萬塊試水。宋帥覺得自己投錢了，我也必須要投些錢。就這樣，他們兩個人天天在我旁邊耳邊念叨他們賺錢了，說我背離組織，沒辦法我也只能拿出3萬開始小試一把。好吧，如果說他們炒股票是賺了錢的，那麼我剛入股市的那一天，慘遭熊市，也就是第一天，我虧了錢不說，還一直被宋帥和阿飛罵我是倒楣鬼，從這一天起，我便知道了什麼叫作了套股票。

3

穆可依整理出許多舊衣服要捐贈給慈善總會。總會問我們是不是新的新服，我們告訴他是二手的衣服，他們說沒有消毒液，只接收新衣服，讓我們聯繫別的慈善場所。中國人民都已經富到買專門的新衣服給窮困潦倒的家庭了，總會可能每年看的人均GDP收入時，是不是都落下了一個被字啊，要不然不會這麼不瞭解國情的專業去接收新衣服。如果每年捐贈的都是新衣服，那麼為什麼我們在電視上都看不到一件大眾品牌的衣服呢。這無疑說明其實那些窮困潦倒的家庭都是不露富啊。呵呵，沒辦法，這些衣服只能被丟在垃圾堆裡。

第二天貼吧裡，穆可依的貼吧裡一直盛傳著整形的帖子，並且有穆可依照片明顯的對比。一張略似很像她的照片和現在形象的對比。鼻子，眼角，嘴巴，甚至下巴，都有明顯的區別，網友很是無聊追問在哪裡整形的，還有就是花了多少錢。並且還有人說還是慕思清純，慕思的臉和穆可依的臉至少要錯30萬的整形費，好吧，這就是所謂的躺著也中槍吧。這無疑是慕思做的，可我們又能做什麼呢，沒有絲毫的證據，只能任憑的發展，我很質疑為什麼穆可依這麼心軟，人家都已經騎到頭上拉屎，卻還一再忍讓。穆可依說為了組合，再忍忍吧，我說組合基本上已經不成型了，自從小葉老媽開槍自殺以後，便沒有了心思工作，一直都不在工作狀態。然後她們倆也在上演宮心計，穆可依說正是這個時候才要以和為貴，要不然，辛辛苦苦的做了這麼多久年的組合就徹底散了。

好吧，大局為重。

「你不要太過分，別逼我們出手。」

「你說什麼，我聽不懂。」

「好的，可以聽不懂，哪天我不爽了，你就懂了。」

我警告慕思不要把自己撇的太乾淨，身邊的人都知道她鼻子，眼腳，嘴巴，下巴全都一條龍的做過，穆可依只是眼睛和瘦臉而已，但慕思貌似並不在意我的威脅。繼續的煽風點火，剩下的也只有還擊了吧。慕思的商場撒潑事件，整形事件以及照片，貼吧像是炸了鍋一樣，各種骯髒淫穢的詞語，在爭論的高峰點時，突然又牽扯進來了另一個女子組合ANM的粉絲攻擊，貌似因為一個獎項的問題，TIO拿了獎，ANM沒得獎引來的雙方的粉絲對罵，又加上穆可依的整形議論。似乎TIO要面臨解散點，最後，只得開新聞發佈會，慕思和小葉力挺穆可依。加上媒體的引導打點，這件事才算化小，但貼吧事件一直未能夠停歇。

是的，只有做了真正的還擊，對方才會有所震懾。為大局考慮，也許對小人而言他這一輩子都不會有什麼深刻的理解，碰到小人，我們只管還擊好了，因為這個社會裡沒有人再相信所謂的大度和好脾氣，人的認知的觀念裡有的只是不敢惹和好欺負的概念了。

也許我們的人生沒曾有過放鬆，每天無時無刻都在對付各種樣式的人群，慕思的計畫失敗以後，便拿出了殺手鐧——溫妮便開始找穆可依談話，讓穆可依管好自己的我，別讓我再去騷擾她，或者進行什麼非分之想。女人很吃這一套，即使再聰明的女人也不覺得這就是場陰謀，而是發自的內心的覺得自己的男人確實存在問題，搞出一連串問題，最後男生受不了無休止的提問，中斷談話，便開始談分手。

是的，分手了，但過了一個星期，雙方冷靜又和好了，激情過後，穆可依便要檢查我手機最近的一個星期的記錄，很是無聊，當她查到我和溫妮有通話記錄時便又開始無止盡的提問，我實話講出是為了不讓溫妮再打擾我們的生活，我跟溫妮存在了一些說不清楚的誤會，穆可依非要打破砂鍋問到底是什麼不清楚的問題？我只能保持沉默，溫妮的事我不能講給任何人知，男人永遠都不會講女人的是是非非恩恩怨怨。可是，下場也只有一個——滾蛋。

每個人都有自己最心底的空間是不允許被別人接近的；這種空間是要尊重的；而不是讓你去干涉和揣測別人的空間底限。不要跟我講你是透明的；我決不會相信這樣的話，因為人的內心深處或多或少都有不願讓人知道的事；但是這種內心空間不一定全是壞的！

股票還在持續的下跌中，不知道行市什麼時候是個頭。新聞上說A股持續走低的重要原因是中國經濟增長速度下滑，剛頒佈的政策又嚴重的影響宏觀經濟和公司預期。阿飛跌的最慘，他的3，4支股票全都是跌跌跌。阿飛便在家裡燒紙，說是B股已經死了，宋帥一盆水把火澆滅了，說阿飛他媽的A股B股都分不清楚，燒什麼玩意。我們都沒有責怪阿飛，讓阿飛不要那麼激動，阿飛說不是因為我們的錢，是他的錢都快要減半了，宋帥聽到阿飛的減半時，歎了口氣，很誠懇的安慰阿飛說又要辛苦三個月了，下次一定要注意吧。

宋帥的股票還在持續觀望中，我已經把股票全賣了，我人生中的第一次炒股票，以賠了14527元告終。

十二 不好混的娛樂圈

1

宋帥一直都沒有告訴我在小海公司上班的情況怎樣，直到今天才告訴我他已經完全把老闆拿下。今天老闆和他一起吃飯，承諾只要宋帥願意和他在一起，他就和小海分手。我說老闆也只是隨口一說，你不要太去理會。宋帥說老闆很誠懇，我反問宋帥，哪一個人在性愛的面前不是誠懇的。宋帥胸有成竹的告訴我不一樣，一周之內見分曉，好吧！事與願違，老闆不但沒有答應他的要求，反而把宋帥炒了。宋帥回來一直扔飛鏢，一會兒跺腳，一會兒又撞牆，總之，一副精神失常的樣子。他把前因後果跟我講，說自己的欲擒故縱讓老闆都快急瘋了，宋帥還天真的想著老闆把小海甩了，然後就可以簽約公司做一哥了。可上了床，就儼然了這個樣子，我偷笑他肯定是床上功夫不行。宋帥告訴我應該說是他沒有小海那樣夠騷，夠浪。

小海打電話告訴我們和他玩心機，我們還太嫩了！還說著就算我們把他搞砸了，他背後的男人，女人遠不如我們想像的那麼少。他還告訴我們，小偉他玩膩了，並且已經讓他收拾東西滾蛋了，還有就是如果我們還要和他繼續戰鬥的話，他永遠奉陪，他現在生活的

樂趣除了事業就是看我們出糗，說，我們有時間多去搭理自己的事業的吧，一幫人低檔次的人，始終都是那麼沒品，整天在應酬的場合老出現我們，都他媽的都不知道我們是幹嘛的，服務生嗎？我們只能回敬小海是喝容嬤嬤的奶長大的。

我聽了小海這麼強烈的諷刺。覺得整個房間壓抑著嘲諷的氣息。我需要到外邊去呼吸一下新鮮空氣，腦子裡一直迴響著服務員這三個字。嘴裡面也在不停的默念著服務生，我不知道要去哪，便叫了輛計程車，司機問我去哪，我說不知道，隨便拉。車上的廣播裡突然想起來了一首很熟悉的歌，「看著已淩亂不堪的臉，瞬變的發顏，淚流的雙劃線」這是藍若萱的歌，就是我的那個前女友。

我們分手的原因是因為我在外邊跟別的女孩有染，並且她和那個92年女孩還吵了一架，她說別人不要臉，92年的回饋她是黃臉婆。好吧，就這樣，我們分手了，我也並沒有那個92年的女孩在一起，因為她有一個毛病，每次都會叫我說大叔，事實上，我只比他大2歲，我每次都喊她大媽，可每次她又要生氣，她也老是說我的魚尾紋。好吧，她說的沒錯，每個人都會覺得我的魚尾紋像四五十歲的，她從來不洗內褲，每次都讓我洗，有一天我厭煩了，也就和她拜拜了。

我讓司機送我到了藍若萱的社區，在樓下猶豫好久了要不要上去。上去了我做一個怎樣的開頭，天啊，為什麼會來到她們社區。哎！算了，我還是走吧！可我都來到這裡，還是進去吧。想想打車錢。恩，上了電梯。我先側耳貼到門前。她家裡好像有客人，還好沒有男生，那是不是意味著我就可以敲門呢。我猶豫著，就在我猶豫不決的時候，藍若萱的門開了，裡面竟然出來的是李銘的女友川洋子。多麼令人頭疼的事情。川洋子的第一句話是說自己的魅力多大，都能找到他朋友這來。我讓她小聲一點說話，她說藍若萱聽不見，在洗澡，然後說有空電話打給她，我渾身起來一身雞皮疙瘩。裡面還有一個女人，抱著藍若萱的狗，藍若萱的狗狗看到我來了，就立刻撲到我懷裡，那個女人看到狗狗撲向我的懷裡就翻了一個白眼，我從她的口型裡看到她說我是一個老人。

我明白他話的意思，她以為我是藍若萱的長期的情人，要不然狗狗不會和我那麼親密。老實說，我平時還算比較討喜吧，可是這個女人見到我的這種姿態，讓我真心覺得難受。

她說話一直都處於傲慢無禮的狀態問我是什麼學校的，我說不提了，不是什麼好的學校。這個女人更加目中無人說自己是某知名院校的學生，我沒有表現出羨慕的神色，實際上也不會有羨慕神色，不是知名院校的出來的藝人也比比皆是，上了名校的遣返回家，當小三的，天人間的也比比皆是。我噁心這種要高出一等的姿色，然後她又問我是做什麼工作的。我告訴她上學階段，沒工作，她又表現出鄙夷的眼神。當煙霧彌漫在她臉上的時候，盡顯出一副千錘百煉的風塵。

藍若萱出來看到我，很是驚訝的問我怎麼會來這裡，我順嘴說了路過來看一下，藍若萱跟我介紹說那個女人叫王萌萌，她的好朋友。

三個人看電視，一時之間，氣氛顯現出有些尷尬。那個叫王萌萌的女人伸了一個懶腰，拿起自己愛馬仕的包包，故意從包裡把寶馬7系的鑰匙弄到地上，撿起來，很做作的說：「哎呀，我的寶馬7系。」

呃！她臭顯擺完之後就走了。

「妳最近怎麼樣？」

「恩，還好。」

「我聽了妳的新歌。」

「恩，你呢？」

「我也在忙。」

良久沒有任何言語。藍若萱一直翻看著電視頻道，我努力在腦子裡思索著別的話題，最後還是鎖定在王萌萌身上。我問藍若萱怎麼會認識這種女孩，藍若萱說王萌萌這個人，心不壞，雖然有一副死逼的狀態，但為人很仗義。我問她是不是富2代的時候，她遲疑了一下。

好吧，我明白了。我勸說藍若萱應該少給這種人交往，很有可能會影響自己的道德

觀，藍若萱說要被污染，早就被污染。我點了點頭，又是一片安靜。也許藍若萱並不想跟我說話，我便說要走。

「啊？你要走啊？」

「恩，改天見。」

「要不你今天陪我，有點怕？」

「哦……好吧。」

藍若萱用投影放了一個電影。漆黑一片，沒一會兒的時間，我能感覺到藍若萱離我越來越近，最後她挽住了我。我開始緊張，激吻，就在她脫我襯衫的時候，藍若萱停止了動作。讓我去洗澡——我太後悔來之前沒洗澡了。等我洗完澡，客廳裡已經沒人了，放著 **take this waltz**。

我來到臥室，藍若萱已經穿上了制服誘惑。好吧，我們翻江倒海一番。激情過後，我腦海突然想到穆可依現在做什麼？有一種莫名的負罪感，我覺得我應該向穆可依道歉。

藍若萱的屋子裡放著各種情感雜誌，其中好多都是劃了重點的。藍若萱瞅了一下我翻看的雜誌，告訴我那是王萌萌的書，她幾乎每天都會看這些書籍。她很聰明，很有頭腦，說過富有一句的哲理話是——這年頭如果傍大款，千萬不要傍私企老闆，因為私企老闆是自己掙的辛苦錢，會很摳門，你要傍就傍國企或者大官，他們來錢快，花的也不是自己的錢，所以很大方。

是啊，要不然她的房，車，愛馬仕哪來的。

好吧，我不得不承認，這真是個大道理。

2

我的大腦一直支配著我要去和穆可依道歉，但一直找不到藉口。老闆來電話說他要在上海辦一場演唱會，讓我去學演唱會運作。我準備以這個作為交流話題和穆可依認錯，穆可依只是很冷的「恩」的一聲，不等我繼續說下去就把電話掛了。我再次回撥過去已不再接聽。

上海演唱會，我只能做最基層執行做起，雜活也做。東西擺不對了總會被不知道哪裡冒出來的人大聲罵著笨蛋，事情傳達過去，對方沒有照作，也會罵我吃屎的東西，導演組罵，組委會罵，也許我是應該在罵聲中成長。我需要爆發，就在樂隊負責　我是苦逼的時候，我抑制不住自己情感說：「你媽苦逼，你爸苦逼，你他媽全家都苦逼。」

樂隊負責上來就要打我，我們倆打了起來。嘴裡一直罵著XXOO之類的淫蕩話，事後，老闆說，每個人做幕後都是這麼起家的。只有在罵聲中成大，在嘲笑中長大，現在受苦是必須，但如果不想以後被罵或者以後罵別人，那你現在忍受挨　，這次演唱會也有小海，小海作為新人也被罵，我頓時覺得平衡了許多。

我們回酒店的時候，韓國某位超紅藝人到來，據說機場已經已經水瀉不通了。安保人員就有10個，同時到達的機場還有某位知名歌手，他的經紀人打電話問我們組委員的接機人員在哪，當時我們只顧的上韓國藝人了，忘記了這個歌手的到來，我們工作人員到的時候相當冷場，只有2，3個粉絲在那合影，遠遠沒有韓國大牌的100多粉絲，酒店裡更是人山人海。他們許多都是90後，並且都在這個酒店裡訂了酒店，韓國藝人有4個專門的韓國保鏢，他們進電梯時，保鏢會拿一把強光燈照在電梯的攝像頭上。呃！上個電梯都擋攝像頭。是怕那家電梯上拿去宣傳麼？演唱會的化妝間內，先會有2名保鏢檢查屋內有無攝像頭之內的東西，然後藝人進去，外邊又有2位安保人員在化妝間門口。我心理面滿是羡慕，多麼希望自己也會有這麼一天，小海貌似看出了我的心思說，你先熬到我這份上再說吧，晚輩！我深吸了一口氣，小聲說了句賣屁股的，徑直走了。

回來後，從做幕後的感受和看到這位藝人的感覺來看，我覺得我還是應該再爭取爭取做藝人吧。

3

我和宋帥參加了一個局，裡面全都是一些有實力的圈內人士。宋帥看到潔姐時她是個出了名的女色鬼。只要被她盯上，就使勁的和你拼酒，直到把你灌喝的不省人事，第二天醒來時，你會發現你精光的身子在他家的床上，她的床上已經不知道睡了多少個年輕小孩

了。小海必定在這個局裡，看吧，那個潔姐還和小海聊了起來，然後小海不知道什麼原因就走了過去，她便示意讓我過去，我和她喝了杯酒，她便開始問我有的沒的東西，然後又說哪個藝人怎樣怎樣，都是她一手提拔起來的。再然後就有意無意的摸我的大腿。老實說，她摸我會想撒尿，我告訴潔姐，我要去撒尿。等我從廁所出來，她已經在門口等我了。一把抓住我一起進廁所。就在她親吻我的時候，小海在外邊踹門，開門時，看到我和潔姐。哎，這種事，被他媽的仇人看到了還能解釋什麼呢。

在回到房間時，宋帥坐在一位製片人的旁邊一直耳語著交流，並且製片人的手一直摸著宋帥的屁股。好吧，我正在環視我坐在哪時，一眼就看到了安特和小海坐在一起，我只能過去找安特，安特說如果無聊就回家，這個局裡，沒有我們任何想要的。這幫老狐狸們精算的很，你不要想著有什麼機會可以得到他們的賞識，我把宋帥拉出來告訴他，把安特的那些話給宋帥聽。他說自己有分寸，不用我操心，我讓他跟我一起回家吧。宋帥竟然他媽的向我發火。他已經受夠了被別人看不起，他要有成績，他要證明自己。我再次拉他時，他讓我他媽的滾蛋。好吧，小海也出來了，幸災樂禍的告訴我說他看到潔姐和我從廁所出來，又說我找錯了大佬，潔姐只會玩男生，不會幫助我任何事，我白做犧牲了。我也很高興的告訴他，謝謝他幫我解圍，如果不是他踹門，我很可能就被脫褲子了。

我回家開門的第一個場景便看到——赤身裸露的阿飛和川洋子。等他們穿好衣服，我

問川洋子從頭到尾為什麼這麼淫亂，對不對得起李銘，川洋子說他們倆個人的事我沒有發言權，我又重申說李銘真的沒有做出軌的事情，今天的我也可以當成沒看見，勸他們好好的生活吧。

「好好的生活。」川洋子哭了，說李銘早已不是李銘了。他們從初戀在一起，一直都是處於單純的想法一起買房，買車，大家都一起奮鬥，可現在這種狀況，我們拼死的工作還要面臨辭退，房價就不說了，菜價也越來越高了。我疑問李銘的家境不是挺好嗎？川洋子苦笑了一下，說他爸爸原來只不過是一個開計程車的。現在油價那麼高，賺錢也越來越少了，上周在工體拉了一個喝多的女人，上車就脫衣服。他爸爸讓女孩下車，那女孩非要他爸爸給她5000塊，要不然就不下車，就故意說李銘他爸猥瑣她。

「李銘他爸也只能認栽，氣的計程車也不幹了，就在家待著，李銘的錢也越來越少，看到周圍的人都活的瀟灑，不知道什麼就開始跟一個富婆好了。起初我不知道，等我知道要離開他時，他哭著挽留我說一切都是為了我們倆的將來，可真正有錢了，就各種花心了。這種事情已經不是1次2次了。」

「為什麼不分手。」

「分手的話自己也就沒地方住了，沒錢拿了。」

結果就是一起亂。

我不知道我要不要去相信李銘。如果川洋子說的是真的，那麼李銘竟是如此厚黑。我還要去相信什麼真正友誼，自己無時無刻不在當著別人的棋子。我瞬間覺得我只是一個黑漆皮燈籠。

我問阿飛要墮落到什麼時候。阿飛只是使勁的抽著煙，不說話。看著窗外的毛毛細雨，灰暗的路燈下，一對小情侶，男人撐著傘，和女友摟在一起，淚水沾濕了眼角。

4

我是從來不玩微博的，但是身邊的朋友都在玩微博這個東西。他們還給我做一個演員認證。好吧，這個認證讓我得瑟了好一陣子，也就開始玩微博了，我發現慕思竟然私自開微博，並且粉絲已經達到幾十萬。我打電話把這個消息給穆可依，可是穆可依還是不接聽電話，我便發短信告訴她。她立刻打電話過來，讓我發連結給她，我去她家裡，小葉也在，經紀人也在。穆可依和小葉說已經忍受到了極限了。這個組合已經到了沒有辦法做下去地步了，可她們的經紀人還在偏袒慕思。穆可依和小葉——以後不再有謙讓這個詞語。

私下我一直好奇為什麼經紀人一直偏袒慕思。穆可依給出的解釋是他和經紀人是老鄉，再者就是慕思每次都喜歡在經紀人面前流淚，總是擺出一副受氣包的狀態，還有就是她的專業不錯，所以經紀人一直有所偏袒。小葉是一個脾氣很暴躁的人。打電話說要讓慕思過來吃飯，慕思進門，小葉就給了她一巴掌說幹嘛私自開微博，幹嘛跟她作對，幹嘛貼吧裡詆毀別人。老實說，我看著很解氣。我多麼希望有一天我也能一腳一個問題質問小海。

就在我和穆可依雲山霧雨纏綿之時，經紀人打電話給穆可依，穆可依索性就關機了。她告訴我要從速，很有可能半個小時經紀人就會過來敲門。果不其然，我們只是晚開會兒門，經紀人感覺要把門砸了似的，慕思躲在經紀人身後。我看著她鼻涕和化妝品混為一體的臉問怎麼回事，經紀人不讓我插嘴。這是他們公司內部的事情，經紀人開始質問發生的一切，穆可依一口咬定不清楚，小葉過來時看到這種狀況同樣表現出驚訝的神情質問慕思怎麼回事？慕思像一個幽怨的娼婦一樣瞪著小葉說：「這他媽不是你打的嗎？」

「你他媽的是不是給人家當小三，讓他媽的原配打了，找不到地方撒氣，就賴我們頭上。」

慕思不講三七二十一，抹了一把鼻子，上去就撕扯小葉的頭髮。

兩個女人撕扯起來，我們很心有靈犀的拉著慕思讓她別打了，其實就是不讓慕思換手。這個瘋女人咬了我，我吼了一聲指著經紀人質問道：「你他媽的帶的什麼藝人。真他媽的丟人，那麼喜歡袒護就讓慕思單飛好了。別他媽禍禍別人，你也不摸摸自己良心，穆可依和小葉忍了多長時間，慕思他媽的不知足，你也不知足嗎？你他媽的不要臉了。」

經紀人看著我，等我沒話了。他只淡淡的告訴我：「目前只能靠慕思去拉資金。小葉

的媽媽已經不在了，所以合同到期時，下一期的投資也不會再有了。可依和小葉都不願意去應酬一些投資，所以現在你們組合下一期的唱片和MV只能靠慕思去爭取，如果你們都願意去應酬，那我就不說什麼了。」

仰望著黑夜，沒有一顆星星。我不知道還會不會再有，一些說不出的東西，心感受的淋漓盡致。行為也證明了內心的感受。只是不願意承認，幾乎所有的事情都只能形容為毀滅。內心知道要做什麼，但又不能夙願。

我不清楚什麼時候這一切能停止，也許就在此刻，也許會更加冷然。

十三　砸錢門事件

1

每次看到鳳姐做節目。我就想鳳姐上節目之前，節目組有沒有請精神病專家做過鑒定。如果當初的鳳姐只是一個娛樂大眾的話題，那麼各大衛士和媒體爭相報導只是為了愉悅大眾，鬆解一下大眾的娛樂心情，我覺得這是無可厚非的事情。但在後繼的反國言論中媒體還在大肆報導，我真心的不明白是那麼大的中國已經沒有什麼焦點人物可報導了嗎？我甚至懷疑鳳姐是一個有著極其嚴重的精神病患者，國內的媒體也跟著她一起瘋，我們宣導反三俗的過程中，為什麼鳳姐逃過此劫。事後，我才明白中國就是要讓歐美國家看看，我們的國家是有著極其的民主與反對的聲音，估計每次歐美國家在我說我們國家禁錮的時候，我們的外交官肯定拿鳳姐說事。這也許就是鳳姐或多或少的價值。

自從上次我和藍若萱男歡女愛之後，藍若萱便不再接聽我電話。我去她家敲門，她也不再開門，我失落了好一陣子，我不明白這其中的原由在哪？我思索著是不是她知道了我和穆可依在一起的事情，但她們又沒有共同的朋友啊，這又是什麼原因呢？我不解，很不解，也許她已經有了男友，那天只是一時的欲望。我也只能把這當作最終的解釋。這也算是最為合理的解釋。

一個惠風和暢的日子裡，王萌萌電話告訴我，藍若萱下午四點在咖啡廳等我。如約，我到地方，只有王萌萌一人，沒有藍若萱，我問藍若萱怎麼沒有過來，王萌萌繼續一副貴婦的姿態，要我不要再糾纏藍若萱。我要求她給出原因，王萌萌很直白的說我沒房，沒車，沒錢，事業上也幫不到藍若萱任何，只會拖累藍若萱。我反問她：「那藍若萱是應該像你一樣，找個快死的老年人嗎？」王萌萌說借我吉言。她如果找到一個快死的，分我20萬現金，這樣她也省事，不用天天面對那些噁心的嘴臉。我警告王萌萌說自己愛怎樣就怎樣，不要去影響別人做任何事，這是把藍若萱往火坑裡推，王蒙萌卻不以為然，說自己在做善事，正是因為是好朋友才這樣做，找一個什麼都沒有的，苦的還是自己，女人重點是享受生活的點點滴滴。我說藍若萱未必會當寄生蟲，這麼作踐自己。

「你每天照鏡子的時候不覺得自己噁心嗎？」

「不要把自己搞的多麼的大義凜然，剛正不阿，你所謂的那些，只不過被人說傻以外沒有任何結果，你一直都處於被人看不起的階段。」

5年的北京生活。一丁點的成績都沒有。我有什麼資格去談戀愛，身邊的朋友還有誰比我更差的呢?她寧願讓藍若萱跟阿飛在一起，也不願意看著跟我這個整天像只落魄狗一樣的人生活。

我問她藍若萱最近在做什麼？王萌萌說藍若萱一直在工作，不像我整天遊手好閒。良久，一片沉靜，王萌萌把之前的半支煙頭放進來咖啡的杯子裡，走了。呃！一直以來自詡的清高與鄙視別人的種種，到頭來其實一直被別人鄙視，甚至看成一個沒出息的雜碎——多麼傻圈的自己。

宋帥在家裡反覆聽著一首不知道是什麼歌名的曲子但又非常熟悉的曲目。我努力著在腦子裡回憶著，也許是THE CRISIS。它是經典電影《海上鋼琴師》的插曲，我思索著我到底錯在了哪？我並沒有不努力，我一直在努力，可是這個努力遠遠沒有盡頭。我後悔為什麼我會再次回到北京，也許我就應該像1900那樣，永遠都不該踏進陸地一步。是的，當時是我的想的明白，我要追求我想要的，一名演員，可它是多麼的可望而不可求。上萬人在想盡著一切辦法讓自己能留在這片邪惡之都。能在藝能界混出自己的一片天？我的腦海裡想起來了上次做演唱會看到明星在臺上一呼百應的場景，我隱約覺得自己並不是為了追求真正的藝術。也許我們真正所追求的即是虛名和一呼百應的掌聲。

「瑨琪，你說我們不努力嗎？」

「我們一直都在努力。」

「可我們的努力為什麼換不來一丁點的成績。」

「誰又知道呢？」

宋帥的問話，也是我每天糾結的問題。每天的跑組面試，總會有人告訴我們這個戲很適合我們，然後導演找你談話，然後製片人也找你談話，再然後讓你等我們電話，可是往往都是不了了之。也許我們都是太過挑剔的原因，死人，僕人，類似這種的龍套角色，都遭受回絕。我們指天罵地的說著老天的不公，無濟於事。老天也有失公正的偏愛，更何況人心呢！

宋帥接演過一個太監，一直都被人拿來開刷。總想一洗雪恥，可每次的角色始終都不給力，一直都免不了下等人的命運，安特讓我們繼續堅持堅持，又是堅持堅持，那些所謂的狗屁堅持也許到死都還要堅持。

我現在很理解老爸為什麼要這樣阻止我，我突然覺得老爸很愛我，我後悔當時沒有聽老爸的意見，也許我很適合按照老爸給我一生的規劃做，當兵，然後靠關係進軍校，恩，如果是這樣的話，我應該已經是少尉了吧，可是現在呢，我什麼都不是，周圍的人除了鄙視我之外還是鄙視，他們舉雙手鄙視。我開始罵那個笨得要死的買房阿姨，為什麼不聽明點，這樣的話，我就拿不了那筆錢來北京了。還有那個王八蛋的整形醫院，每次看到我耳朵和之前一樣時，我都會破口大　他們家祖宗十八代，甚至我都罵了那個該死的導演，就不應該再出現讓我逮著，這樣我就沒有錢有留北京的藉口。哦！我的親爸爸啊，我想回家，這一切的一切都要怪自己，不切實際，異想天開，他們以前給我的定義太對了，也許我就應該回去讓他們嘲笑，也比現在強。

2

我再次陪穆可依應酬某位知名導演時，對方問我做什麼行業。我不知道該回答什麼，演員嗎？我又有什麼資格說是演員呢？模特嗎？攝影師已經受夠了我扭扭捏捏，製作？天曉得我製作過什麼？經紀人？只是臨時性充當過而已？我不知道如何作答，穆可依說我是演員。導演問我有什麼作品，我被楞到了，穆可依又幫我解圍說了一些她自己都不清楚的電影。導演只是點了點頭，不再看我一眼。也許他會把我想像成一個公關人物，我突然好恨自己，我自己算什麼？我是誰？我不知道，誰也回答不了我。

這些年一直都在伸手向老媽要錢，可一直都沒有任何成績。每次都是灰頭土臉的回家，我最恨回到家裡，一些親戚朋友在介紹我時說什麼遊走在各大劇組之間串場，這是極其諷刺啊！實際我根本就不去跟組，因為也沒人要我跟組，或者說跟組也會有一些什麼之類的代價，也許，我是應該考慮轉行了，阿飛建議我做寵物店，宋帥建議我開小吃店，寵物店的成本預算下至少也要二十萬，小吃店也大概要這麼多錢。老實說，我不願意嘗試，因為我不是富2代。就在我思前想後的時候，安特打電話要我去山東參加一檔相親類的綜藝節目。我說我現在不需要相親。安特說，這次是為了造聲勢，不是真的，都是節目組策劃好的。

好吧，我去了，我真的去了。他奶奶的，我他媽要是不去該好啊。

到了酒店我才知道，我，徐澤羽先生，張津滌先生，劉丞先生，鄭茜小姐，葉貝文小姐，還有一個山藝的女孩，原來我們都是在錄播同一期，相信大家也都已經瞭解，我們那期除了我以外，要不是歌手就是演員或者模特。晚上導演組和我們交流，說這期是製造聲勢的一期，所以引入了很多爭議的社會話題，導演要求我的身份既是普通的藝校老師，徐澤羽先生，要演一個很拽但不知情的觀眾看了之後會很想扁他的富2代，徐澤羽先生說他不適合就拒絕了這個角色。然後導演又去拉攏張津滌先生，可張先生說要維護自己的藝人的形象，還是算了吧。劉丞先生呢，因為之前做《非誠勿擾》，所以，他也是一個節目點，那麼就只剩下我一個人了。起初我並沒有同意，安特說我不做演員了？就別注重什麼形象了。我不情願，一時間，會場的陷入了尷尬。張先生和徐先生，安特都勸我，導演也在勸說。我沒辦法，只好同意。

散場之後，我非常忐忑。不知道是什麼原因，總感覺如負重任。私下我們聊天時，張津滌先生一直跟我說著要我學他的開場白什麼開著自己的大紅色的法拉利來的，希望和美妹去兜風。他一直津津樂道的說著，我有一句沒一句的聽著，然後，導演讓我過去，說明天要我選葉貝文小姐，還有明天說我自己是某企業副總，年薪50萬。

「還是200萬吧，現在哪個副總還有年薪50萬的，現在人家貪污都是100萬起。」

錄播前，導演又讓我見了一個要跟我吵架的大哥，說他會去上臺打我，我頓時茫然了，我質問導演昨天沒有說打架的事情。導演讓我放心，主持人會攔住他。好吧，然後又跟我說有一位會突然從觀眾席起身和我爭吵。好吧，一切照舊，哦，對了，導演還給我一個鑽石戒指。我讓先導演收著，丟了賠不起，導演說沒事，這戒指5塊錢一袋，主持人來時說富2代為什麼不穿範思哲，我沒說話。心想導演組沒給我範思哲的衣服，冰哥為了節目效應，把自己的LV包包拿給我，讓我錄播時從這包裡掏出一萬塊。

要錄播了，我的身體一直擰巴著在臺上。當我說出導演給出的臺詞——砸西瓜的環節。在張先生砸西瓜時，我一直在心裡默念我的腦袋是用來思考，不是用來砸西瓜，主持人質問我問題時我說話都有點打顫，眼神一直游離不定，心裡像擰成了一個痲團，尤其主持人說怎麼不值得去砸西瓜時，讓我引出我的腦袋是用來思考問題，做大事時的，不是用來砸西瓜時的。我竟然說成了我的腦袋是用來砸西瓜的，NG一次，我他媽的說出如果你們現場觀眾要繳學費砸西瓜，這錢就是你們的了時候，我他媽的都恨不得要抽自己的大嘴巴。之後就是大家看到主持人幫我砸西瓜的橋段。

就在我們配對成功後，那一刻我覺得我好輕鬆。我站在成功配對席位上，當遊機的鏡頭橫掃過來的時候，我真的好想迴避，我旁邊的葉貝文小姐，很職業性對著鏡頭微笑，接

下來我看著他們的橋段，什麼也沒想，只想快點結束吧。

節目中的橋段也是導演組策劃的社會話題，一對似G非G的情感，包括那個所謂的姨媽好像是台裡的會計，事後女演員撕心裂肺的哭，我不得不承認她真的是一個好演員。

回京的路上，他們說我可能要火了，要成名人了，要簽公司了。聽著他們一路的吹噓議論，我只是笑著點了點頭，但願能簽公司吧，錄製的節目在2個星期之後播出。我把這期的節目播出時間告訴我老媽，讓她做好心裡準備，不要激動。所有的一切都是假的，也別告訴任何人了，自己看看得了。

3

股市還是一直處於下滑狀態。宋帥也亂了手腳，也全部賣掉了。我們也都在勸說阿飛把所有的股票都拋了，先挽回點損失。阿飛說他不能拋，當時買的市價是17塊一股，現在跌到12塊多一股，不能賣，只能等到漲，我們說有一些股票都跌停了，不要再抱任何幻想了。阿飛無視我的勸告，說最近一直在看股市新聞，專家講了近期會有好轉，我們繼續勸誡說：「一些專家是拿了一些公司的錢故意說什麼大好形勢。」

終於有一天阿飛的股票跨掉了。他所認為這項既賺錢又不累的事業就這樣在頃刻之間打碎了阿飛的近乎所有的夢。這筆錢沒有之前的雞生蛋，蛋生雞效應，他計畫著靠這筆錢可以使自己自立，可以使自己擺脫之前的生活，可終究還是沒有擺脫。

從那以後，我和宋帥每次看到阿飛的狀態都是一副憂鬱的表情抽著煙，略有所思。每次我們都想去安慰他些什麼，可每當我們開口說不要緊，有什麼話告訴我們，別憋在心裡。阿飛都會面無表情的說著自己沒事，然後就回自己房間了。

晚上，我起來上廁所時，透過月光，我看到阿飛一個人站在客廳的落地窗旁抽著煙，我走過去拍了拍他的肩膀。

「人生沒有過不去的坎。」

阿飛側過來看了我一眼，沒有說話。

「給我支煙。」

阿飛把煙盒裡的最後一根煙給我。

我狠狠的吸了一口，被嗆到。

「煙不好抽吧？」

「嗯，抽不慣。」

「那就不抽了，浪費我的煙。」

「哈哈，下次買一整條給你，不過老實說，不管是宋帥還是我，都希望儘快看到鮮活的你。」

看著阿飛把最後的煙頭嘬沒了。我便把抽不下去的半支煙塞到阿飛的嘴裡。「有事，說話，咱們都是一家人。」

阿飛沒搭理我，徑直上樓了。

客廳裡不知道誰的手機在響，也一直沒人去接或調無聲。我迷迷糊糊就過去接聽，電話裡傳出了一個女孩的聲音。

「喂，」

「喂，喂，喂」

電話裡半天沒動靜。就在我準備要掛斷電話時，電話裡傳出哽咽的聲音。

「我想你，阿飛，你為什麼不接我電話。」

我猛然間清醒。我知道自己拿錯了電話，這個電話又只能等對方先掛。我裝作信號迅速掛斷電話，隨後手機螢幕迅速就顯示了訊息。上面寫著----雖然你沒有搭理我，但你還接聽我的電話，我很高興，知道你沒事，我就不擔心你了，愛你，等著你帶我去看寶寶。

沒一會，又有一條——愛你。麼麼。

寶寶？我瞬間石化。阿飛竟然在外邊搞出了寶寶。我突然覺得也許這才是阿飛正惆悵的，害怕我們的責　，害怕我們會誤認為他人品有問題而遠離他麼？阿飛不是那種不負責的人，我瞭解他。於是，我便和宋帥一起在超市買了好多嬰兒產品，並且宋帥還讓朋友從香港買了奶粉寄過來。

當我們讓阿飛看到奶嘴，奶壺，搖籃車，尿布濕，之類的東西時，阿飛瞬間石化的問我們要幹什麼？我們有意的避開其名的說某人不經意間有了寶寶，所以我們做朋友的就意思一下。阿飛表現出很好奇的眼神說是誰的寶寶，還質問我和宋帥為什麼不去叫上他。

「啊，你還要演到什麼時候？」

「演什麼？」

「寶寶，不就是你的嗎？」

「我？」

「對啊！」

阿飛疾口否認，說外邊傳什麼風言風語了。自己在外邊很注重措施的，我們說不要狡辯，無意間看到了他的簡訊。阿飛說沒有看到什麼簡訊，把手機拿出來，讓我們翻出證據，我們就找出那條短信給他看，他說那只是福利院的一個孩子，並發誓說什麼爹媽死全家的話。好吧，我們信任阿飛，他既然可以這麼講，那就是真的。

4

虛驚之後，宋帥說小偉有約他，就先不陪我們。我們祝他好運，又是我和阿飛倆人，阿飛繼續抽煙，臉上繼續惆悵，我跟他講昨晚迷迷糊糊接錯電話的事情。阿飛只是「哦」了一聲。

「不知道是不是物質小姐，至少能感覺到對你是真心的。」

我貌似說道了阿飛的心坎，阿飛說那個女孩叫初夏。每次跟她在一起吃飯，從來不會說有意的要吃什麼昂貴的飯菜。每次都會吃一些大排檔，或者去一些划算的餐廳，她不像別的女孩那樣吃要講究高檔，穿的也要跟你要名牌，總是領著你逛街，把你當提款機，要不然就背地裡說小氣。

「她知道你的全部事情嗎？」

阿飛的臉上的笑臉突然陰沉起來，說：「她一直都覺得我是一個富2代，一直還在教導我不要亂花錢之類的。」

「你有沒有想過，拋棄以前的生活，好好的跟這個女孩在一起？」

「我現在什麼都沒了，你會認為她還會跟我在一起嗎？」

「未必啊！」

「你現在去聯繫她啊，告訴她之前的那些事。」

「你瘋啦，我說了這些，他會怎麼看我？」

「如果她愛你，她不會在乎你那些東西，還有你還是適當的保留一些事情。」

阿飛疑慮的看著我。

「你行的，總會有一個新的開始。」我鬆了鬆的他的肩。

過了凌晨，我暗自了樂呵起來。阿飛，沒有回來，那就證明事情進展成功並且晚上肯定有一番折騰，宋帥也是如此。

凌晨2點，外邊已是風雨交加，電閃雷鳴，阿飛光著上半身渾身濕噠噠的跑回來並且他的左手臂上全是煙頭印子。去自己的臥室裡，不知道翻騰什麼，找出自己與父母的合影，看了一眼，就徑直跑出門去了。我緊跟其後，來到樓頂的天臺。

「阿飛，你他媽的要死先說清楚怎麼回事？」

「我他媽的是個廢人，我他媽的就是鴨子，我沒有資格活著，我活著只是那幫的老女人的情趣用品。草，我他媽的不配活著。」

「我們可以再努力。」

「我們一直在努力，可我們得到什麼了，沒有真正的情感，沒有事業，沒有愛人，有的只是冷談，冷血，世故，狗眼，什麼都沒有。」

「是，就因為這樣，我們才更堅持的活著，我這樣的艱苦的活著就是在挑戰自己，這就是我們的人生必須接受的。」

「老子不想接受了，林瑨琪，你他媽的有什麼資格說我，趕緊滾。」

「阿飛，你要今天死了，你看看你爸媽怎樣辦，誰來照顧。」

「我是個廢人，我只會給爸媽丟人，我還一直浪費他們的錢，現在死了，就不會浪費

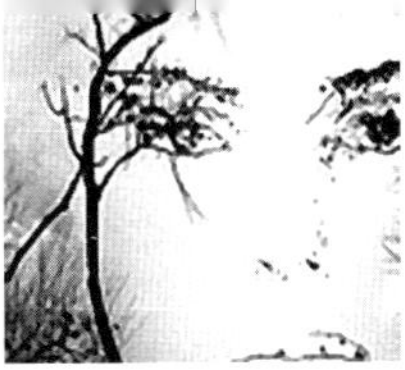

金錢了。他們還能留下錢來養老。」

「你不要……」

32樓。他跳下去了。

呃！是堅決的跳。

我本幻想著明天的陽光明媚。我會深吸一口氣，感受著老天帶給我們的幸福。也許我們三個人都會從今天開始幸福，身邊的朋友一個個都幸福起來，自己也很開心，大家都彼此情感穩定，去相互扶持，相互關愛，白頭到老的走下去，等我們老了，大家住在一個社區內，幾個老頭老太太撮痲將，還耍賴吵架，鬥嘴，多麼幸福。

可是，阿飛。走了。

十四 復仇的悲劇

1

節目播出後，外公第一時間打電話質問我為什麼不選擇那個胖女孩，那個女孩一看就知道是可以生男娃的。老媽打電話過來說，我有點怯場了。然後又說中間和觀眾發生衝突時，和台下為我唏噓一片的時候，心口特別堵得慌。我安慰老媽說不要在意這些，都說是假的了。老媽說她是明白的，可鄰居們不明白——不管是打電話還是到訪者都說著我在臺上拿著一萬錢的狂妄。

好吧。這期節目沒有通知的提前下，竟然有相當一部分親戚朋友都看到了我的自大神經的表演。老媽一一解釋，身邊的好友也在問我其事，說我是想出名想瘋了。我也只好一一解釋在錄節目之前的事情。

網路的點擊率和評論，是讓我難以想像的。不知道從什麼時候就開始把那期節目叫做砸錢門事件。廣大的網友也諷刺性把我叫起了西瓜哥哥，他們有的罵著我敗家玩意，是吃屎喝尿的爛種，說著鳳姐更適合我。也有人說是我的個人炒作，想出名，我人品有問題。也有人理解說很對，那個節目是2，腦袋是用來思考問題，不是用來砸西瓜。最聰慧的網

友說，之後看到我遊戲環節的笑容，覺得我不是那樣的人，也發現了我的膽怯。

這些也就罷了，我可以聽之任之。這畢竟是一個綜藝節目，可事態漸漸發展為開始人肉我，人肉我的家庭，開始噁心地中傷我的父母。我討厭這一點，這件事跟我父母沒有什麼任何關係，幾乎每個人都正義凜然的罵著我的父母，他們覺得自己是那麼地理所當然。我不知道牽涉那些人怎樣重大的經濟利益，他們竟然竟然在網上開了一個專屬罵我的貼吧。肆意地咒　我各種淫亂不堪的言話和惡意中傷著我的父母。好在有一部分明理人和他們爭執對罵，這是使我略感欣慰的。

穆可依來我家為我慶祝說我要火了，準備了所有的拿手好菜給我吃。宋帥說如果那期的節目腳本安排在《非誠勿擾》我會更火，安特告訴我，今天有一名女孩發來電郵說要和我一起炒作，資金他們支付。我要考慮下，穆可依和宋帥卻說我傻，那麼多人都沒有這種機會。現在是個好勢頭，「呃！這也算好兆頭。」

「喂，大哥，人家發了片的藝人花了幾十萬的宣傳的，都沒你這動靜大，知足吧」

我必須考慮清楚，我忍受不了那些對我父母惡毒的辱　。安特讓我想開點，說娛樂圈就是娛樂大眾，重點是紅。

吃飯前，我們也把一副碗筷放在阿飛經常坐的位置上，但凡是我們的聚會，每次我們都要帶上阿飛，我們山吃海喝一番，宋帥一直喊著我的名字：「林瑨琪，你要火了，你紅了，你紅燒了。」

「阿飛，混蛋，你不夠哥們，不幫著林瑨琪跟那幫蛋疼人對罵。」

宋帥把沙發的靠墊狠狠地砸在阿飛的位置上。」

我也拿起靠墊砸去。含糊不清的說著：「哥們紅了，他媽的被別人罵紅了。幹！你大爺的，你是我最好的哥們。」

我和宋帥倆人抱在一起嚎啕大哭。

翌日，微博上，翻天覆地的罵聲滾滾而來。尤其是對父母的言論，我嘴裡一直罵著他媽奶奶嘴的，一個個的轉發回復對罵。我一個人力量是微小的，看著這些來勢洶洶的文字，無處宣洩。發瘋似的到廚房裡把碗筷砸個稀巴爛。宋帥和穆可依被我的暴力驚醒。宋帥去阻攔我，穆可依一個勁說著我神經病，瘋狗。如果承受不了，就不要在這個行業裡混，趕緊回家吧。我咆哮到：「你他媽的別站著說話不腰疼，又不是罵你爸媽，讓他們罵你爸媽，我看你會不會覺得很舒坦。」

「老娘也有這個時候，承受不了，趕緊滾蛋。」穆可依便揚長而去。

對於這期的節目編排，我不能去講什麼，因為節目還在繼續做，我們那期本身就是為了造勢做的，如果我公開說出是假的，那麼就害了電視臺，做人要地道啊。我只能忍，痛苦的煎熬著。

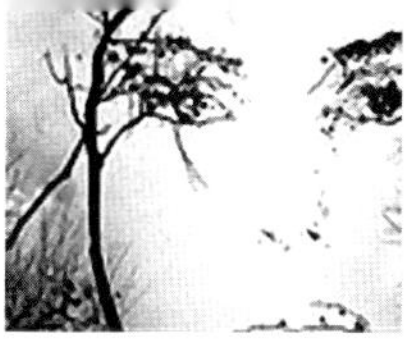

2

藍若萱說我是想紅想瘋了，為什麼會接受這種安排，這種在罵聲被定義後，很難擺正以後自身的形象。我說電話裡面解釋不清楚，就約我去她家說。我進去的時候，王萌萌也在，依然是那副矯揉造作的苦逼相。我原原本本說就是救場的時，王萌萌說是偷雞不成蝕把米，最後風光還不是被某人占盡，「你呀也就是一個墊背的。」

「是麼？我覺得還好吧，另一個的橋段也被罵的很慘。」

「但是那個那爾所基的橋段很少有人信，並且腐女又那麼多。」

「我……我。」

「你什麼你呀，所有的都是在為別人鋪路，你只是個墊背的，到最後光環還是人家的。」

「藍若萱，你讓我來就是為了讓這個賤人來損我的嗎？」

「你他媽的罵誰是賤人，服務生。」

「我他媽的在服務生都比你千人奸，萬人輪的好。」

藍若萱把手裡的杯子狠狠的砸在地上讓我們滾蛋。

事態繼續惡劣的發展下去。逛街時，就會有大媽過來說他們家的什麼侄女孫女的沒結婚，張的比葉小姐好看要介紹給我。校內的留言悄悄話裡竟然不管是男的還是女的都著什麼求包養，借錢之類的。

老媽打過電話過來說有些親戚平時都不正眼瞧你一眼的，現在也開始說起客套話來。我問老爸是什麼態度，老媽說沒說什麼，就是看了一下。沒有任何表態。總之，老媽讓我繼續加油，一步一步的走給那些人看。

安特問我要不要和那個女孩一起炒作，我回絕了，我回絕並不是說我要故意抬高自己寫給讀者看。原因很簡單，不想連累我的家人，你要明白，如果哪天父母看到淫穢不堪的詞語甚至別人可以肆意拿我的事件當面取笑我父母時，我父母將如何自處？我想到這，我感覺在親手埋葬父母。你懂一個孩子的心情麼？

穆可依繼續讓我陪她一起應酬。說這樣就不會自卑了，可是這卻恰恰相反，一些無聊之極的人總會喊我西瓜哥，各種譏諷的嘲笑，我都要一一的做出解釋。事態出來以後，沒有任何的通告，也沒有任何的拍戲機會，什麼都沒有。也許這次只是賺取了一個讓別人誤會終生的臭名聲而已。

每次看到穆可依舉止大方從容面對一切應酬，遊刃與上層的社交場合。我總感覺自己是一個局外人，一個跟班，不管是好朋友還是第一眼看到我的，對我的評價一直都是土裡土氣，整天都不知道搗持自己，他們都建議我做出改變。我也每次都會堅持一個星期之後便放棄。因為我不知道我每天花這些時間和金錢可以為我換取什麼，所以我便到現在一直

還是土裡土氣，我一直找不到讓我花點時間倒持自己的理由。我努力把自己打扮成最普通的一面，用以區別我這個圈子劃清界限的一切區別——最好的藉口。

我受夠了老被當成跟班的感覺。我厭惡了那些場合，任何朋友的應酬場合我都不會再去，我只想一個人待著。不知道從什麼時候，我每天都會和阿飛聊天。我問他現在住的世界好不好？房價貴麼？油價貴麼？吃的東西健康麼？那裡的人們智商也是高的可怕麼？他希望我去陪他嗎？

3

曼德突然打電話讓我幫他約王萌萌出來。我說不認識這個人，曼德便開口5000塊作為回報，我很好奇為什麼要這樣做，曼德告訴我別打聽這麼多，只管收錢辦事就好，我思索了一下便回絕了。

電話再次響起，曼德開價到一萬，我說不可能，他又問我要怎麼樣才能幫他。他們這個交易毒品黑吃黑的事，我可不想參與進來。他們自行解決，一旦我淌入這渾水裡，我便成了他們敵對組織的黑名單，曼德說我電影是看多了，他也不害我。總之，不管怎樣，我沒有再搭理他。

三天之後的凌晨2點，藍若萱打電話讓我去她家裡很緊急，說是這兩天門口一直有男人在走廊裡徘徊，我趕過去時，一眼就看到了李曼德。

「你在做什麼？」

「等人。」

「這應該不是你要找人的地方吧。」

「那個人總會去她好朋友這裡吧。」

「你嚇到別人了。」

「我知道她是你女朋友，你放心，我不會做什麼出格的事，這件事只是我和那個女人之間的問題。」

「如果不是毒品交易瓜葛，還會有什麼瓜葛？」

「你不需要知道。」

李曼德始終不肯告訴他和王萌萌的狀況。一個那爾所基和女人會有怎樣的糾紛，難不成是在搶男人了。我是如此欽佩這是一個怎樣的老男人竟有如此的魅力，反過來想，與其是說搶男人不如是說搶錢罐子好了。

有連續一個星期的時間裡，曼德幾乎一直在樓梯的過道裡。只要一有人從電梯裡走出來，他都會往樓梯門的細縫中看一眼。

「王萌萌不會來了？」

李曼德沒搭理我。

「你走吧，藍若萱已經告訴王萌萌了。」

當他確定王萌萌真的不會來了的時候，他怒髮衝冠，青筋暴露，不等我反應便給我了一拳，我也回敬他一拳。就這樣就走廊裡打了起來，我們也從１７層樓梯裡滾到１５層樓梯，曼德打鬥中嘴裡一直罵著我全家。

「你他媽的能別參和嗎？我幹你大爺的，你他媽的知道毀了我什麼嗎？混蛋。」

「我他媽的才不管你那些，誰讓你一直纏著藍若萱。」

我們倚靠在牆上大口的喘氣。我看到了曼德的眼淚，那應該不是身體的傷痛的眼淚，而是情感之淚。我吃力的站起來，走過去伸手要扶他。他白了我一眼，吃力的站起來，徑直走了說：「林瑨琪，這是你逼我的。」

我不知道會發什麼，但我能感受到李曼德的仇恨。我和藍若萱把發生的一切告知了王萌萌，王萌萌表現出十分抱歉的態度。在深問下去她和曼德到底有一個怎樣解不開的疙瘩，她說並不是什麼解不開的疙瘩，僅僅是一個爛人。

「你們存在毒品交易。」

「你也知道他在販賣毒品？」

「我們都知道。」

我和藍若萱都死死的盯著王萌萌，希望她能告訴我們更多的東西，她把之前的半支煙重新點燃，說：「他僅僅是我的前男友，一個要害我的人。」

「他是那爾所基？」

「這個我不知道。」

「他為什麼要害妳。」

「他有次把毒品偷偷放到我這，如果不是我看到，我很有可能要坐牢。」

「那批毒品呢？」

「早就還給他了」

「那現在找妳的目的？」

「不知道。」

我很神經的認為，王萌萌身上肯定關於什麼銀行密碼之類的問題。然後我就開始很正經的詢問之前曼德有沒有送過她什麼東西沒有，她們倆個都說我有病。我沒跟他們開玩笑。

「我和曼德打架的時候，我能感受的他的憤怒，並且他最後的一句話是說我逼他的，你們自己想，反正不關我的事。」

王萌萌還是沒有告訴我們任何狀況。

4

清涼涼的一個人，宋帥不知道最近在做什麼，總是忽隱忽現。我躺在阿飛的床上，對著天花板說：「宋帥和小偉不知道是和好如初還是什麼狀況。每次問他和小偉的關係時，他總是一會兒說和好了，一會兒又說湊合過，總之不知道一個什麼樣的狀況，也什麼都不給我說。哎，我什麼時候才會有阿飛的勇氣呢。」

我聽到宋帥房間有動靜。就起身去看，一進門，我的後腦就是一棒，等我醒來時，我不知道自己在哪，總之一切漆黑，我貌似在一個地窖裡，我有聽到女人咳嗽的聲音。

「你是誰？」

「你又是誰？」

「藍若萱？」

「是我。你怎麼在這？」

「我在家被人敲了一棒子，醒來時就在這了？」

「我也是。」

地窖門打開了。我能感受到光亮，然後就有變聲器的聲音說：「給你們3個小時考慮時間做出選擇。如果告訴我們王萌萌的下落，我們就立刻放你們回去。我這不是綁架，你們也算是曼德的朋友。他交代過我們，所以這件事，我們可以大事化小，小事化了，不會

要你們的命，但是如果你們不配合，你們就會成為廢人在這個世上活著。」

我和藍若萱只能順著聲音靠近對方，我們意識到，這件事絕對沒有王萌萌說的那麼簡單。我們很有可能在一個犯罪的組織裡，我埋怨著當初她們不聽的我的忠告，藍若萱就一直歇斯底里的哭啼。我告訴藍若萱哭也解決不了任何問題，也許我們不會死。因為畢竟他們要的是王萌萌，跟我們沒有關係，如果我們幸運的話。

「藍若萱，如果他們要問妳王萌萌的下落，妳會怎麼辦？」

「我會告訴他們。」

「嗯。」

藍若萱聽到我僅僅是嗯了一聲說：「我不會像電視上那些忠膽大義一樣，舍我其誰，她僅僅是我一個朋友而已。不是我生命中重要人，並且我也不相信朋友。你知道嗎？有一次我打瘦臉針，我這個好朋友就介紹給我，還說跟他一起的話會很便宜，如果跟別人就會很貴，然後就跟我說一個很便宜的價格，可最後又要了一個和外邊報價一樣的價格，也在那個回扣來源裡寫了自己的名字，雖然事情很小，錢也不是大問題，可就會看到朋友虛偽，整天只是口口聲聲的說是好朋友——僅此而已。

「我沒有說話。」

「哪怕是你直接了當的告訴我，也比這樣欺騙我好受，所以，每次都會有各種各樣的

場合給你說著我們是好朋友，好哥們，好姐妹，其實只不過一種客套而已。你當真了，你就輸了，我不相信任何人。所以我會告訴他們王萌萌的去向。」她又補充到。

「我也會說出王萌萌的下落。」

「為什麼？」

「因為我不認識她，她又招人煩。」

我們倆笑了笑。

我睜著眼睛也看不到這房間的一絲明亮，猶如一個瞎子。我深吸了一口氣，我覺得如果能死，可能也是一種幸運。藍若萱的回答是她還很幸運，她的演藝事業正在按部就班的發展，所以她不想死。她奉勸我要有積極的人生態度——就像當時我那麼勸阿飛一樣。我只是樂呵了一下。

我已經做好了死的準備。

3個小時後，王萌萌的地址，我們交代了。那個用變聲器的男人說很好，然後告訴我們說事情辦成之後就放我出門。

地窖門關了，藍若萱又開始撕心裂肺的喊著讓我們出去，不守信用的混蛋。良久，沒有任何人回應。她靠在我肩上歇斯底里的哭，說著自己不要死，不想死。

「我已經做好了死的準備。」

「可我不想死，我要給那些瞧不起我看。我還有夢想。」

「夢想是混蛋。」

「林瑨琪，那你幫我把繩子咬開好不好？」

我費勁了九牛二虎之力才算把她的繩子解開。她試圖去解開的我繩子，我拒絕了。她一再要求我解開，可我很不配合

地窖的門是鎖死的，根本打不開的，又是歇斯裡底的嚎啕大哭。

翌日，不知道是什麼時間段，總之，我們聽到有女人的哽咽聲，也好像有曼德的聲音。

「王萌萌，你別哭，你不是愛那個大款嗎？我今天讓你和那個大款一起死。」

「你不要做神經的事情，你收手吧，好好過你的生活」

「過我的生活？你有資格說過我的生活，我的生活不是已經被你毀了嗎？不是你在把毒品放我們家，我爸媽可以冤死在監獄裡麼？不是你背後的男人偽造證據，能把白的說黑的了。」

「他會帶警隊來救我的？」

「王萌萌，妳太高抬自己了。我當時以為他特喜歡妳，說他不來，就殺了妳，可是那個老傢伙沒反應，直到我抓到他兒子。他才有所擔心，你他媽的醒醒吧。」

「你放我了吧，我給你錢，我們畢竟相愛過。」

「愛？你愛我就可以為了保住你們家人的性命，就可以殘害我們一家冤死，愛我？就可以跟那個人好上了。」

「曼德，我也是沒辦法，如果不是那個人，我們家人就沒命了。」

「你們家人的命是保住了。可我們家呢，你欠了我們家兩條命，至親的兩條命。每次路過妳家的時候，我總有一種捅死他們的衝動，可是看著他們現在一把年紀的份上，又忍心不忍。」

「曼德，什麼事情都可以通過法律解決。」

曼德聽到我在地窖裡大聲的在地窖裡呼喊。撕心裂肺地說：「不要跟我說什麼可以通過法律解決，我不相信法律，不相信。如果有法，為什麼白可以變黑，如果有法，為什麼當年這個偽造證據的緝毒隊長一年幾百萬的砸在這個女人身上，都沒有受到法律的制裁。」

砰的一聲，打在了王萌萌的腿上。

「淩警官？」

曼德扔給他一個望遠鏡，他往曼德指定的方向望了一眼。淩警官下意識的拿出槍來指向曼德。曼德從口袋中掏出一個遙控器說：「你開槍，你兒子全屍體都沒有了。」

淩警官把槍放下了。然後曼德要求警官把衣服全脫了，扔給了警官一把刀說，讓他把自己的一隻眼睛戳瞎——祭奠父母的冤死之軀。又讓他把自己的一支胳膊自廢——祭奠沒有她之前的美好愛情。最後，又在腳上開了2槍，曼德拿起刀子把她的另一支手也弄殘廢了。

「我不會讓你死，這就是你的報應。這就是你後半生的起點。」

曼德走到王萌萌的身邊，她已經說不出話來。他狠狠的親吻她，流著淚說：「我真的很愛妳，王萌萌，真的，我真的很愛妳，我每天都會想起來，我們一起的點點滴滴，可是……」突然間，他發瘋起來。「妳這個虛偽的女人，妳這個狠心的蕩婦，妳害了我們全家。」

他猶如一隻兇殘的猛獸，純情的淚水，仇恨的內心，欲罷不能的揮灑了第五發子彈。

曼德把地窖打開。

藍若萱在一個角度裡乖乖的僵硬的站著，面色慘白。

「你們走吧。」

「曼德，你太傻了？」

「我只是做了他們解決不了的事情，我沒有想過什麼錯判拿賠償金的問題。人死不能復生，況且我在這個社會沒有什麼可留戀的，我的父母死在自己女朋友的手裡，我不相信

女人，可是男人，有的時候比女人更現實，我人生的浩劫已完，也許我也要開始我的重生。」

曼德對著自己開了最後一槍。

十五 看不到的結局

1

我一直想問自己有沒有重迭愛情。

也許只有重迭的人沒有重迭的愛情。

我懂，重迭的人只是肉體重迭，而無愛無情。但無愛無情的兩個人，怎麼會在一起肉體重迭。也許我太庸人自擾，無情無愛的肉慾只是一種生理的本能發洩。我絕對不是在辯證雙方是不是一種尋求新鮮刺激以及極度饑渴的而需要宣洩的各自所需的關係？

藍若萱告訴我TIO組合要解散了。原因是慕斯要帶資進入了她們公司，並且還要加入她們組合。然後又說著慕斯的可憐，責怪穆可依和小葉心太狠。在別人家裡急需用錢的時候，也總該幫一把。平時還總把慕思當丫頭使喚，在網上爆料別人隱私。

「哎，以前看著她們組合還挺團結的，沒想到這麼惡劣。」

「事實並不是那樣。有些事都是慕斯在從中作梗，並且一直以來都是慕斯在向穆可依和小葉借錢。網上的事件都是慕斯先作梗，穆可依才後發制人。慕斯在組合裡，是自私自力的小人。」

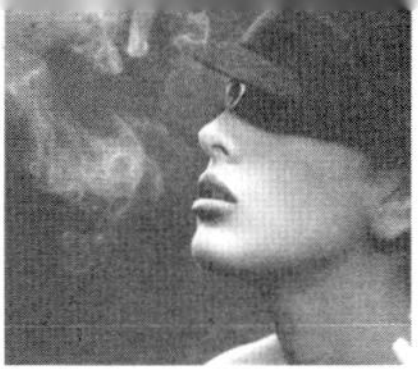

「你那麼瞭解穆可依就是說你倆在一起了？」

「沒有啊！」

「你還要狡辯到什麼時候呢？不過，也沒關係，你也只不過是我呼來喚去的一隻狗。」

「哦，這個比喻我很喜歡。」

我重重的說完這幾個字便把門狠狠的關上。嘴裡不斷的罵著慕斯這個蕩婦，我早該料想到慕斯會告訴我和穆可依的關係，她從來都不會放棄關於穆可依的任何把柄。

我來到穆可依家，她沒讓我進門。只是讓我站在門口，告訴什麼都知道了。我說慕斯也要進別的公司了，說了你們壞話。穆可依只是冷笑

「早知道會有解散的一天，至於說壞話，我也習慣了，現在反倒也輕鬆了，你也可以去找你的藍若萱了，沒准你把我們的那些事都抖給別人了吧。」

「怎麼可…。」

我話都沒有說完，門就已經重重的關上了。我不知道我要幹嘛，總之，我失戀了，徹底失戀了。宋帥讓我試圖去挽回愛情，我讓他告訴我，要去挽回誰？他問我更愛哪一個？我說哪一個都愛，只是情感不一樣，宋帥瞬間石化，讓我自己考慮。

小偉和宋帥和好了，又搬了回來。只是感覺這次回來，比之前滄桑許多。他見我沒什

麼心情問我怎麼回事，我把我的煩惱完完整整敘述給他聽。他問我有什麼資格去愛一個人，我很不明白他的言語，他又問我：「你是誰？他們是誰？你在哪個檔次，他們在哪個檔次？你有什麼能力去談戀愛？」呃！首先，她們是實實在在的藝人，那麼我是什麼？所謂的8流藝人，第二，我既不是紅2代又不是富2代，一無是處，沒錢，沒房，沒車，沒事業，甚至沒有事業的起步點？第三，別人都有收入，工作充實，而我只是一個天天廝混在北京城的小嘍嘍。

「瑨琪哥，如果你現在繼續進行下去的話，那麼來了一個高富帥。你又有什麼能力去招架呢？我們不要憧憬什麼，純潔的愛情。你覺得這個世上還存在所謂的純潔麼？是的，這個社會已經沒有純潔了，沒有了精神生活。有的是貪婪的性欲和金錢，剩下的只是赤裸裸的現實利益。」

2

李銘的生日局在天人間。當叫小妹的時候，竟然看到了慕斯。我很納悶，她不是已經簽了新公司嘛。怎麼還要做這個？我很好奇的走過去，她起身要走，我一把拉住她。問她是什麼情況，她的回答是溫妮回家了，現在開了2個高級餐廳，買了房，買了車，都是從這裡收穫的？

慕斯見我沉默。

「你可以告訴她們，我的狀況。」

「她們？拜你所賜，全都被你一個人攪黃了。」

「黃了也好，永遠都會有你不知道的真相，不過，下次你們有見到的話，真心替他們說對不起。」

「妳是受到了刺激？」

「沒有。只是當我去融入另一個組合的時候，才發現以前她們倆是多麼的善良。」

「妳後悔了？」

「後悔已經不重要了。重要的是我也要向溫妮那樣忍受幾年，過上自由自在的生活。沒有任何人的臉色和勾心鬥角。如果，在這裡，有一個很願意為我花錢，愛我，我當小三也可以接受。」

不知道中途哪個暴發戶喝多了。從包裡拿出10萬現金站到到桌子，扭著屁股，搖晃著手中的鈔票。「我有錢，我想要什麼就有什麼，你找1個，老子找10個。」到處撒錢。

慕斯這個時候，沒向其他小姐一樣去撿錢。而是規規矩矩的坐著，似勾引非勾引，似風騷非風騷。那條超短褲她都恨不得脫了，眼睛一直處於似眨眼非眨眼的狀態，看著那個暴發戶。對眼了，暴發戶走過去，慕斯喝了一口酒，喂到暴發戶的嘴裡，進而暴發戶的手便放進了不該放的地方。

我看著慕斯的整場的表現欲，我很想知道為什麼?如果那個圈子不容她，那麼這個圈子又會怎麼輕而易舉的讓她得逞。我不禁的冷顫，溫妮在這種場合裡賺到了幾百萬的資產，付出的不僅僅是肉體，還是精神。當我聯想到SM，甚至說不定會吃屎喝尿的時候，再看著慕斯今天這種青樓氣息依附這些腐敗官員或者是黑心老闆的時候。生存和養老真的到了今天的地步了。

「即使不為了自己活，也要為了她的死。我歷盡了社會的苦難，難道到死了，還要被拋屍荒野嗎?至少要把家裡父母墓地和物業稅掙了吧。」

也許慕斯的心早已經死了。但我不知道是慕斯用最後皮囊愚弄著這些所謂的社會上層，還是社會上層連她最後的皮囊都不肯放過。

3

宋帥和小偉一起回家了。每天我一個人在家裡都會聽著葬禮進行曲。我不知道什麼時候愛上這個曲子的。每天跟阿飛說話，阿飛還是從來沒有回應過一句。我每次也都會自言自語的說他大爺的裝聾，每天都會有各種電話進來，我都回應我不在北京。因為——我不知道自己是誰，我一直都不知道自己是幹嘛的？身邊的朋友或多或少的變化。只有我在後退中，各種好友的短信罵我是死了還是說什麼大爺的之類的，煩死了。我關機了，我把手機放進了魚缸裡。因為——我不知道我用手機的意義是什麼？我不需要和任何人聯繫。

每天一盒煙，每天和阿飛說話，每天葬禮曲的陪伴，等待著死亡的到來——這既是我生活的過程吧！也許。

我甚至在家裡寫了一個大大的奠。每天聽著葬禮進行曲，關上所有的燈，放上一簇花和一個白色的蠟燭。每天重複著這樣的生活作息，我會希望某天我可以一直睡到死。我竟然發神經寫了封信握在手裡，那是要準備交給上帝或者是閻王吧，告訴他，下一次的投胎如果還是人，我希望那個社會沒有太多的人心的醜惡嘴臉而是能真正的擁有真善美。我每次都不能死的原因，是不是我的這個願望大的讓上帝和閻王都無能為力才不願接收我。註定我要接受歷練，迎接下一個更加殘酷的世道。

小偉回來，嚇的半死，我很好奇為什麼只有他一個人回來。他說宋帥在家，估計回不來了？我問他原因，小偉告訴我，他們在進行性愛的時候，被父母發現，結果一頓暴打。

「也打你了？」

「沒有，讓我穿衣服去酒店睡了，給我買了第二天頭班的機票，我就回來了？」

「沒人和你們談話。」

談話了。宋帥一出來，他爸爸就讓他跪下，給了他一巴掌，罵著他變態，說自己不知道造了什麼孽，生了他這個變態狗東西。

「然後呢。…」

「然後，讓我出來，他爸爸說，宋帥要結婚，讓我以後不要再跟宋帥聯繫，如果我再和宋帥有糾纏，就打電話告訴我父母這見不得人的勾當。」

「然後呢。」

「然後我就回來了。」

「臨走前，宋帥沒跟你說一句話？」

「沒有機會。」

我把手機撈出來，已然處於報廢狀態。我用小偉打電話時，處於無法接聽的狀態。在打電話已經關機了，小偉說估計手機被關機了。他把我的名字寫的是小寶貝，估計他爸爸以為是我，就關機了。

等我補卡換上新手機。還是處於關機狀態，每天都是處於關機狀態。

4

一個月之後，宋帥的爸爸突然來電話讓我去他們家一趟。說宋帥最近變得很不正常，問我知不知道在北京有沒有什麼異常狀態。我說沒有發現什麼異常狀態，宋帥的爸爸又我是否知道宋帥和一個叫小偉的男生走的很近。我回答不清楚，只是見過幾次，我又明知故問起來：「叔叔，宋帥怎麼了？最近一直沒見回京。」

宋帥的爸爸不好意思說出口。簡單的說出些狀況，讓我把身份證號發過去。他幫我定最後一班機票去他們家，我簡單收拾下去直奔了機場。

來到宋帥家。宋帥的爸爸說宋帥不正常，我問他怎麼個不正常，宋帥的爸爸已經憋紅了臉都說不出話來。宋帥在旁邊很不屑的說：「他說我是同性戀。」宋帥的爸爸緊繃著臉讓宋帥滾回屋去。罵他是不害臊的東西。然後說如果我最近沒什麼事，就過來陪宋帥住一段時間。讓我好好開導下宋帥，幫他糾正。他領宋帥去做看心裡醫生，結果反被醫生開導。

我很理解他的感受，但是這個過程是需要慢慢緩進的，他爸爸最近就安排他相親，讓我陪他一起。然後他爸爸竟然給我一大摞黃色AV，說是讓發現這裡的樂趣，讓我別笑他這個老頭子了。

我搖搖頭。

我很理解宋帥爸爸的感受。

晚上，宋帥問小偉怎麼樣了，我說小偉沒怎麼樣，然後就一直跟我抱怨著小偉叫的太大聲。我讓宋帥不要找藉口，因為——宋帥的習慣是對方沒有叫床聲，他將無法高潮。

「良久，宋帥告訴我真實狀況是：當時心急就忘鎖門了。

「我們逃北京去吧。」

「逃北京？」

「你爸爸已經把所有的資金都凍結了？」

「你手裡拿那麼多AV？難不成是讓我們明天去學校附近賣盤？」

「你少來，全是你的。」

「沒意思，又不是男男的。」

風和日麗的一天，我陪宋帥去相親，他總表現出很挑剔的樣子。3，4幾天下來他總是覺得對方要不是嘴大，就是胸太大，當他碰到和一個拉拉T時，他說同意時，他爸爸樂呵了一下午說「找個正常點的吧，兒子，你加油，你還能喜歡上女孩的。」

當我看到宋帥的媽媽帶著一個男孩回來時，我還以為他們是宋帥的姐姐和弟弟。宋帥告訴我那是自己的後媽，但她從來沒有承認過。只是狐狸精的命好，還生了一個兒子，我跟他後媽打招呼時，他後媽只是點了點，不友善的上樓了。

就在我們睡的迷迷糊糊的時候，樓上傳出了砸東西的聲音。聽到那個後媽破口大罵：「這個家還過不過了，你弄個變態兒子蹤在家裡，成什麼樣子，我跟街坊四鄰還怎麼說啊，我在背後還不被戳死啊。」

「你能閉嘴嗎？」

宋帥猛然間跑到了樓上，我沒有去阻止他。

「你他媽的小騷狐狸，說什麼呢？」

「你這個小變態，沒大沒小，從我第一眼見你就覺得你是個怪胎。」

宋帥上前要去打她，我亦是在一旁傻看。宋帥的爸爸讓我幫忙阻止，「這種沒家教的老婆都娶回家，她是您打漁的時候撈出來的夜叉嗎？叔叔。」

「今天家裡有了一個怪胎，難道你還把第二個孩子也變成他那樣嗎？」

宋帥的爸爸猶豫了下。

「妳敢保證那孩子是我爸的嗎？為什麼我沒覺得跟我爸一丁點兒相像。」

一個巴掌重重的扇在宋帥的臉上。

「分家產，我要一半財產。」

「一半的財產？」

「這個家四口人？你要一半？」

「還有我媽的那份?⋯⋯」

「你媽都死很多年了,花給誰啊?不會是你那個男朋友吧?」

「我就要我媽那份。」

「你媽生了你這個怪胎,還要錢?」

宋帥去廚房拿來了菜刀就上樓,要去砍那個惡婆娘。他被激怒了,已然失去了理智,這個世界上沒有任何人可以接受在自己面前詆毀自己的母親,宋帥要殺了她,我和宋帥的爸爸慌忙攔住他。

冷靜下來,宋帥爸爸問宋帥能不能找個女人結婚。他惡煞般般地看著那個狐狸精說:「可以,條件是我要拿走家裡那個女人的財產,原因是這個孩子不知道是不是我們家的,還有,這個女人是不是善良,你自己比我清楚,即使是我的弟弟,那這種惡毒的小浪貨,也不能要。」

「你這個小畜生,說什麼呢?」

宋帥的爸爸讓我們先回去休息,讓他考慮幾天。我每天都能看到宋帥的爸爸凌晨兩三點不睡覺在客廳抽煙喝酒。憂愁的表情一次也不曾變化。歎氣,歎氣,歎氣,不停的歎氣。我能感覺到他想找個人聊天,可是又找不到向誰傾訴,我走過去坐下來拿了根煙。

「叔叔,有什麼想說的和我說吧。」

他看了看我，笑笑，伸手給我點煙。

「老實說，叔叔，我很討厭您的第三任愛人，討人厭，沒教養，沒素質，沒愛心。既不是合格的愛人，也不會是稱職的母親。」

「呵呵，你能告訴宋帥為什麼會喜歡男生嗎？」

「不知道？有人說基因，有人說從小缺愛，誰知道呢？不管怎樣，宋帥是一個有事業心的人，一個愛您的人，一個善良的人。這三點你還不引以為豪嗎？再說，現在生小孩，又那麼花錢。如果喜歡小孩，就領養一個好了。只要有愛，不管是否親生，都是要靠情感的栽培，難道不是嗎？」

宋帥的爸爸沒有回答。

「叔叔，好多事情是註定、是不能改變本質的。」

我不知道我有沒有動容宋帥爸爸的心裡，但是宋帥的後媽貌似瞄準了這次宋帥是同性戀的機會。有種把宋帥置身於死地的處境，這樣就少了一個分家產的人。

一個折膠墮指的晚上，我們打電話給小偉。可小偉那邊傳來了另一個男人說話的聲音。宋帥瞬間把電話掛了，小偉也沒有回撥過來。路上，總感覺街坊四鄰在背後議論著我們什麼，突然中間站出來一個人過來說：「你們的事，我聽說了，堅持你們的選擇，支持你。」然後就莫名其妙的走了。

我們知道是誰在背後指向我們，沒有別人——只有那個想著霸佔全部家產的惡婆娘。我以為他又要和那個惡婆娘惡戰一宿不可，沒有吵鬧。讓人惶遽的和諧，感覺空氣中的每一個分子都充滿著陰森的氣息。

「瑨琪，你明天回北京吧。」

「為什麼？」

「你不可能永遠待在這，你也應該好好的努力一把了。」

「你不回北京嗎？」

「你覺得我回北京還有什麼意義嗎？」

「我們還有夢想。」

「夢想，那是很久以前的事了。」

5

回到北京，一個導演找到我。鑒於上次砸錢門的事件讓我去試戲，現從我和小海中選出一個人做男一號。好吧，又是一次和小海的衝突。從編劇，導演，製片人逐一應酬，請他們吃飯，KTV，送香水，買禮物，但我終究沒有抵得過小海的實在，從編劇到製片人一陪到底。不管男女，已然血戰到底了。我真心的擔心小海會不會因為精盡而休克，可是，這畢竟是付出。

「我問小海為了這個戲值得嗎？

「如果為了夢想值得，那你可以陪一條龍？」

「你覺不覺得自己像個花籃麼？」

我連續的發問。

「呵呵，有的時候，當花籃傳了一遍，也未必成功，我算是幸運的。」

「為什麼不考慮換圈子？」

「哪個圈子都一樣。」

是啊，任何行業都是一樣。只是娛樂這個行業就是茶閑飯後的話題，會被無限的放大。也許比起那個不可說的行業內幕會吧。我們每個人都在說著上帝對自己的恩賜；給了你迷人的長相；其實上帝是在懲罰你；讓你沒有金錢的前提下；僅僅靠努力還是不夠的；因為你的迷人總有人會把這作為他的欲望來換取你的晉升。我絕對不是在說什麼站著說話不腰疼的話，這是事實。

也不要一概而論。

宋帥電話裡說他自己的眼睛瞎了一個，是自己弄的。但是所有人都不知道，因為他把矛頭指向了那個女人，我說他太傻了，罵著他，要去看他，他卻很淡定的說——每個人都有權利選擇自己的命運。生與死，悲慘與幸福，都是每個人的選擇。既然做出了選擇，即使再痛苦，也不會後悔。

宋帥的每一個字都狠狠地刺在我的心裡。我抽了整整一夜的煙，然後那個大大的奠字的摘了下來，仍在垃圾堆裡。打開電視，電視娛樂報導了穆可依和藍若萱，單飛的很好，組合的很好。我關上電視，一個微笑，聽著最後一遍葬禮進行曲。

也許明天會有一個全新我，一個全新的世界。

【全稿完】

後記

額！這也算是發牢騷的話吧！(*^__^*)

遠方的友人啊！可能以下的這些闡述會讓你會摸不著頭緒。本來是就寫給內地的朋友，因為書稿的敏感性無緣了內地朋友，如果您無聊的話，請您在網上翻閱「砸錢門事件」。（事件中的書博即是本人）

這段時間裡，我每天都會有或多或少的人在我的微博裡留些不堪入眼的髒字給我。砸錢門事件像陰魂不散的厲鬼一樣纏繞著我，儘管我把微博的認證取消，頭像，名字，背景什麼都改變了，可他們還是能找到我，從未放棄。

我問他們什麼是炒作？無人作答，就是死皮賴臉的說我炒作。炒作是一種延續行為，在砸錢門之後我做了什麼延續性的炒作嗎？什麼是裝×？生活中的我，你瞭解嗎？當初角色不是我，我是為救場，因為他們注重藝人形象；導演懇求。都在說各個電視臺炒作，電視臺是以誇張的手法反映社會中的事，可我們總要偏偏注重的是這個人做了什麼？

這篇微博我發出後，那些牛鬼蛇神們罵我推卸責任，自己幹的事責怪電視臺，我並沒有責怪電視臺，只是覺得有些人很難伺候，一方面要求事件的亮點，還必須要真實的，問題是社會中很少有那麼沒溜的人，怎麼辦？各取所需，觀眾要亮點，電視臺要收視率，特

別是綜藝節目，本身就牽扯不到什麼真真假假的東西，娛樂僅僅是瞬間的娛樂大眾，只是為了放鬆你壓抑的生活，不是讓你去苦大仇深一把，如果你看一場綜藝節目，結果弄的你半死不活，恨不得都要口吐白沫，那麼我很負責的告訴你，你可以把你們家的電視機砸了。

電影媒介你知道殺人放火是假的，相聲大師郭德綱老師說于謙老師事情是假的，那是因為藝術焦點的需要，那麼憑什麼要求我在這件事就必須真的。

每當我看著自己新浪微博的認證，「模特」、「演員」，總覺得這是極大的嘲笑，幾年來，我演過什麼，拍過什麼，在你什麼都沒有的情況下被這樣認證，我總感覺自己像一個走高級男服務公關路線的人渣，我申請了V字取消，就在沒有V的情況下，我覺得自己如釋重擔，瞬間覺得清爽無比。但今天，我終於我找到了名副其實的認證。

我們一定要學會不迷失的活著，不要腐蝕自己的內心和肉體。

我願和你一起努力。

邁進光明，邁進希望，邁進夢想。。

劉煦博

國家圖書館出版品預行編目資料

淘汰者 / 劉煦博 --初版--
臺北市：博客思出版事業網：2012.10

ISBN：978-986-6589-80-5（平裝）

857.7 101017831

現代文學 9

淘 汰 者

作　　者：劉煦博
編　　輯：張加君
美　　編：林育雯
封面設計：鄭荷婷
出 版 者：博客思出版事業網
發　　行：博客思出版事業網
地　　址：台北市中正區重慶南路1段121號8樓之14
電　　話：(02)2331-1675或(02)2331-1691
傳　　真：(02)2382-6225
E—MAIL：books5w@yahoo.com.tw或books5w@gmail.com
網路書店：http://store.pchome.com.tw/yesbooks/
http://www.5w.com.tw、華文網路書店、三民書局
總 經 銷：成信文化事業股份有限公司
劃撥戶名：蘭臺出版社　帳號：18995335
網路書店：博客來網路書店 http://www.books.com.tw
香港代理：香港聯合零售有限公司
地　　址：香港新界大蒲汀麗路36號中華商務印刷大樓
C&C Building, 36,Ting, Lai, Road, Tai,Po, New,Territories
電　　話：(852)2150-2100　傳真：(852)2356-0735
出版日期：2012年10月 初版
定　　價：新臺幣320元整（平裝）
ISBN：978-986-6589-80-5